第四届《安徽古籍叢書》編審委員會

主任委員

黄德寬

副主任委員

諸偉奇

丁　放

彭君華

委員（按姓氏筆畫順序）

卞　利　方錫球　牛繼清　王啓才

吴先伍　施立業　胡傳志　紀健生

陳　林　張玉才　曹小雲　曹天生

程德和　楊　軍　楊應芹　趙國華

鲍　恒　樊嘉禄

安徽古籍叢書萃編

北山樓集

近·吴保初 撰 孫文光 點校

黄山書社

图书在版编目(CIP)数据

北山楼集 / 吴保初撰；孙文光点校. —合肥：黄山书社, 2014.1
(安徽古籍丛书萃编)
ISBN 978-7-5461-2321-9

Ⅰ. ①北…　Ⅱ. ①吴…　②孙…　Ⅲ. ①中国文学-古典文学-作品综合集-清后期　Ⅳ. ①I215.22

中国版本图书馆 CIP 数据核字(2014)第 006177 号

北山楼集

出 版 人　任耕耘
策　　划　任耕耘 赵国华 汤吟菲
执行策划　汤吟菲 徐娟娟
责任编辑　赵国华 徐娟娟 范丽娜

装帧设计　未　氓
责任印制　戚　帅

出版发行　时代出版传媒股份有限公司(http://www.pressmart.com)
黄山书社(http://www.hspress.cn)
官方直营书店(http://hsssbook.taobao.com)
营销部电话:0551-63533762　63533768
(合肥市政务文化新区翡翠路 1118 号出版传媒广场 7 层　邮编:230071)
经　　销　新华书店
印　　制　安徽联众印刷有限公司

开本　880×1230　1/32　　印张　7.25　　字数　250 千字
版次　2014 年 9 月第 1 版　　2014 年 9 月第 1 次印刷
书号　978-7-5461-2321-9　　定价　90.00 元

序

黄德寬

值此《安徽古籍叢書萃編》編輯出版之際，欣逢新時期安徽古籍整理出版工作步入而立之年！三十年來安徽的古籍整理出版工作，很值得認真地進行一番回顧總結。

一九八一年，中共中央發布《關於整理我國古籍的指示》，成立了以李一氓同志爲組長的國家古籍整理出版規劃領導小組，正式拉開了新時期古籍整理出版工作的序幕。一九八四年，中共安徽省委決定建立安徽省古籍整理出版領導小組，由時任省人大常委會副主任魏心一同志挂帥，聯合了省新聞出版局等政府部門和安徽大學等高等院校、研究單位，正式啓動安徽省古籍整理出版工作。同年，安徽專業古籍出版單位黄山書社也宣告成立。安徽古籍整理出版工作由此翻開了嶄新的一頁。

三十年間，安徽省古籍整理出版工作堅持初衷，克服困難，在政府部門的支持和社會賢達的關心下，經過學者們的艱辛努力，取得了豐碩成果，其最有代表性的成果就是《安徽古籍叢書》的編纂出版。

《安徽古籍叢書》凝結了當代安徽傳統文化研究領域衆多學者與專家的心血和汗水。以吴孟復先生爲代表，組成《安徽古籍叢書》第一届編審委員會，賡續安徽先哲編刊地方叢書盛業，梳理文獻綫索，擬訂叢書子目，擘劃編纂體例。遵循嚴格的學術規範，《安徽古籍叢書》自一九八九年三月刊出第一種——《舊聞隨筆》，截至二〇一三年底，連同修訂再版，出版已突破百種，成爲我國當代古籍整理一個有影響力的品牌。

收入《安徽古籍叢書》的各類古籍，既有朱熹、戴震、俞正燮、凌廷堪、程瑶田、黄生、包世臣、楊仁山、吴汝綸等學術巨擘的著作，也有張孝祥、錢澄之、方苞、方文、施愚山、姚鼐、吴敬梓等文學名家的作品；此外，包拯、朱升、朱元璋、阮大鋮、姚瑩、方孝標、劉銘傳等皖籍著名歷史人物的著述也盡在其中。正是因爲歷代賢哲創造的精神財富，使得《安徽古籍叢書》一經出版即蜚聲海内外，産生了廣泛的社會影響。李一氓同志曾經撰文，欣喜地表示：

『現在有一個好現象，安徽要編印新的《安徽叢書》。』當代著名學者金克木、胡道静、張岱年、程千帆等先生稱道『這是安徽文化事業的一項盛舉』。法國漢學家戴廷傑也對《安徽古籍叢書》堅持嚴格的學術規範稱賞不已。

《安徽古籍叢書》的順利編輯出版，還因爲改革開放帶來的時代機遇。改革開放三十多年來，我國經濟文化繁榮昌盛，使得《安徽古籍叢書》能够得到有關方面的財力支持。上個世紀八十年代，《安徽古籍叢書》編纂在發軔之時，就不斷有項目入選國家古籍整理出版規劃，得到國家各方面的有力支持。最新公布的《二〇一一—二〇二〇年國家古籍整理出版規劃》中，包括《方以智全書》在内的新列《安徽古籍叢書》項目品種就多達四十八種。安徽古籍的整理編纂工作，正是在改革開放的大背景下，在全國古籍整理出版工作的大格局中，取得了突出的成就并展現着美好的未來。

《安徽古籍叢書》的編纂出版，安徽大學『省古籍整理出版辦公室』發揮了重要作用。古籍辦的同志們長期堅守在古籍整理出版崗位，甘於清苦，默默奉獻，辛勤耕耘，爲《安徽古籍叢書》的編纂和安徽古籍整理出版工作做出了突出的貢獻。二〇一〇年，在『全國專業古籍出版社社長年會暨全國優秀古籍圖書評獎會』上，時任國家新聞出版總署副署長鄔書林同志作題爲《無愧歷史 珍惜時代 出好精品》的講話，指出：『安徽是堅持地方古籍整理工作最好的省份。不少地方古籍辦幾乎都撤了，或名存實亡，安徽則堅持不輟，并做了大量工作。』

黨的『十八大』從戰略層面提出扎實推進社會主義文化强國建設，豐富人民精神文化生活，『建設優秀傳統文化傳承體系，弘揚中華優秀傳統文化』。《安徽古籍叢書》立足鄉邦文獻的整理編纂，因應了國家文化建設的宏偉規劃，是文化强省乃至文化强國建設事業的題中應有之義。這項事業遠非一兩代人所能完成，正如一九八一年中央三十七號文件所指出的，『整理古籍是一件大事，得搞上百年』。

《安徽古籍叢書》煌煌巨制，結構開放，歷時久遠。回顧過去，出版較早的圖書有些已經絶版；叢書版式、裝幀也屢經變更。爲適應集中展示、收藏和研究的需要，對已經出版的《安徽古籍叢書》進行階段性的集中梳理，適當遴選，統一版式，影印出版本套叢書是十分必要的。

作爲首套《安徽古籍叢書》選編本，我們希望通過這套書的出版發行，能使更多的讀者瞭解、認識和利用好《安徽古籍叢書》，有更多的皖籍、非皖籍專家學者參與到安徽地方歷史文獻的研究整理工作中來，讓《安徽古籍叢書》在未來不斷發展壯大。這是我們在新時期安徽古籍整理出版事業三十年之際的殷殷屬望！

二〇一四年六月

凡例

一、本編從二〇一〇年（包括二〇一〇年）以前出版的《安徽古籍叢書》中選取文獻資料價值大、校點整理質量上乘、學界仍有需求的圖書進行重印。

二、二〇一〇年以後出版者因市場上新書尚多，此次不復列入。早期所版《文學研究法》《舊聞隨筆》《桐城文學淵源考・撰述考》《桐城耆舊傳》《爾雅翼》等雖均爲叢書的中堅，因已有修訂新版，此次亦不復列入。《安徽古籍叢書附輯》整體不予列入。

三、所選圖書按初版時間先後順序編排。

四、采用原版掃描影印，不重新録排，儘量保存原書面貌。原書頁眉中的明顯編輯錯誤，逕改不出校；《竇山公家議校注》《康輶紀行　東槎紀略》兩種原書無頁眉，現統一補加。

五、重新設計製作封面，統一規格、工藝。一律采用大三十二開本，精裝。《説文假借義證》一書原版爲十六開，一個頁面放兩個中國頁，此次按統一開本重新排版，一個頁面放半個中國頁。

《田間詩學》《說文假借義證》等原書規模較大，爲方便讀者閲讀，現重新分册。另，《寶山公家議校注》保留原書西式裝訂方式。

六、收録叢書文獻由於各種原因，還存在這樣那樣的不足，請讀者批評指正。

第四届《安徽古籍叢書》編審委員會

二〇一四年六月

北山樓集

〔近〕吴保初·撰　孫文光點校

丛书常务编辑：诸伟奇　杨应芹
责 任 编 辑：张旭曙
装 帧 设 计：宋子龙

安徽古籍丛书

北 山 楼 集

（近）吴保初　撰　　孙文光　点校
祖保泉　刘学锴　审订
安徽省古籍整理出版规划委员会办公室编
黄山书社出版发行（合肥市金寨路283号）
安徽新华书店经销　　芜湖新华印刷厂印刷
开本：850×1168　1/32　　印张：7.125　　字数：150,000
1990年第一版　　1990年第一次印刷
印数：0001—1500

ISBN 7-80535-170-8/G·70　　定价：3.60元

安徽省古籍整理出版規劃委員會

顧　　問　張凱帆*　丁繼哲　王惠鵬　光仁洪　杜維佑　李天敏　李廣濤　胡　坦　胡雲龍　侯　永
　　　　　崔劍曉　陶若存　張立一　傅大章　鄭淮舟　鄭　銳　潘鍔鏄
主　　任　魏心一
副 主 任　陶有法　蔡德麟
委　　員　吴孟復　金隆德　祖保泉　鹿世金　賈文昭　黎　洪　劉景龍

安徽省古籍整理出版基金會

理 事 長　崔劍曉
副理事長　丁繼哲　杜維佑　胡　坦　潘鍔鏄
秘 書 長　朱　揚　汪慎琳
理　　事　田照臨　李庭榮　李炳忠　吴存心　汪石滿　沈基政　馬素英　孫智林　陳昌茂　陶顯斌
　　　　　張其果　張金環　張振明　張繼忠　萬洪翘　鈕　漣　鄭英保　潘培咸

安徽古籍叢書編審委員會

學術顧問　王子野　吴小如　吴作人　吴組緗　周一良　周紹良　金克木　宛敏灝　胡道静　殷焕先
　　　　　張滌華　舒　蕪　蔣元卿
主任委員　吴孟復
副主任委員　金隆德　施培毅　祖保泉　賈文昭
委　　員　朱一清　朱世力　汪福潤　沙宗復　徐凌雲　殷呈祥　孫文光　梁垣祥　傅玉璋　劉學鍇

*以下按姓氏筆畫排列

安徽古籍丛书编印缘起

伟大祖国，历史悠久，典籍丰富。我省地处南北之交，学术尤擅其盛。数千年来，哲学、史学、文学、艺术、语言、科技，作者辈出，著述如林，或自名一家，或蔚然成派，多为中华民族文化之精华，有裨于社会主义文化之建设。允宜及时整理，以广流传。

奥自明清，以至近世，南北郡邑已有泾川丛书、龙眠丛书、贵池先哲遗书、南陵丛书诸刻。一九三一年，复有安徽丛书之编印，所收皆皖人著作，分期影印。出至第六期，以抗战军兴而中止。盛业未竟，论者惜之。

今者，中央倡导整理古籍，我省领导对此尤为关心。省古籍整理出版规划委员会几经商讨，决定编印安徽古籍丛书。最其体例，约有数端：一、所收皆为历代皖人著作。地域，以现行省区为准。时间，一般以成书于「五四」之前为限。内容，以文、史、哲为主。二、整理方式：包括辑校、标点或注释，尤注意于稿本、稀见本之搜辑与传布。校勘，力求采用善本为底本，校以他书，或加补辑、编次。标点，采用新式标点。注释，务求精确，但不作烦琐考证。整理中，尽量吸收国内外研究的新成果。三、先秦、两汉著作及文字、训诂之书，皆用繁体字；其余则多用简体字。版皆竖排，以期一律。四、凡热心于本丛书编印及捐赀助刊者，得于书内题名。

安徽古籍丛书编审委员会

一九八九年七月

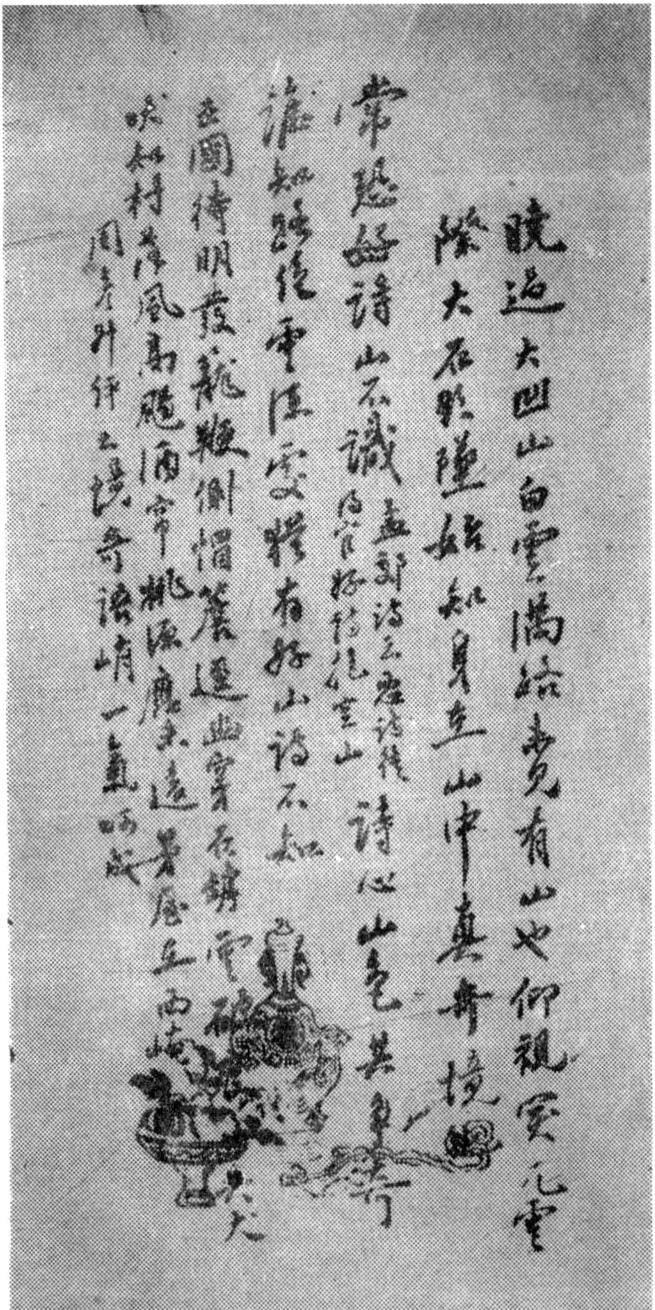

吴保初手迹

目次

编年未详

北山楼词

北山楼文

附录一

序跋

附录二

传志

附录三

题赠

附录四

杂评

补遗

前言

一

清朝末年，国政不纲，外侮交至，国势之危，「若累九棋」。在民族灾难十分深重之时，许多志士仁人力图拯救。庐江吴保初即志士仁人之一。彼时，以名公之子锐意革新，而兼擅诗文之名者，有湖南浏阳谭嗣同、江西义宁陈三立、广东丰顺丁惠康及保初，天下称为「清末四公子」，以与「明末四公子」之方以智、陈贞慧、冒襄、侯方域相比。其中，谭嗣同之学，陈三立之诗，影响尤大，声名尤盛，然谭、陈、丁三人皆只志在维新，而随着历史的发展，保初后来还「屡以身家遮蔽」革命党人「章太炎、沈翔云之徒」，太炎等被捕入狱，保初又「力任」「营救佽助诸事」（章士钊：北山楼诗文集后序）。但又不薄维新党人，「周旋于保皇、革命两党之间，而皆为人所翕服，则由其清风亮节之故也」（汪国垣：光宣诗坛点将录）。盖其「品节极高」（同上），「至性惇悫」（陈诗：尊瓠室诗话），而立足中国，放眼世界，随时代的发展而发展，始终立于先进者的行列，尤为难能可贵。他的诗文，也反映了时代面貌，成为时代心声，不仅有文学价值，且为历史资料。从本集附录诸家评论来看，当时名流几无一不推服其诗文，梁启超的广诗中八贤歌即其一例。因此，研究中国近代史、中国近代文学史的人，自当知其人读其书；而爱好文史或从事语言文字工作者，亦可于其诗文取得借鉴。

二

吴保初（一八六九——一九一三），字彦复，号君遂，晚号瘿公，安徽庐江人。故居在庐江县城南之沙湖山。家有北山楼，因以名集，故又被人称为北山先生。他的祖父廷香，字兰轩，优贡生，从事教读颇久，曾举孝廉方正。父名长庆，淮军将领之一，曾率部平靖朝鲜内乱，阻扼了日人吞并朝鲜阴谋。长庆虽为武将，颇通文学，尤能爱才好士，范当世、朱铭盘、张謇等皆被罗置幕府，且因以成名。因此，时人称为「渔阳老将多回席，鲁国诸生半在门」。官至广东水师提督，卒谥武壮。保初幼随其父在军营读书。与范、朱、张等朝夕相处，交在师友之间。范、朱、张皆究心时务，张謇尤负时名。保初既与三人切磋，又广泛接触了许多文人学者，且执贽于老诗人宝廷之门。宝字竹坡，与黄体芳、张之洞、张佩纶数上书言事，当时称为「翰林四谏」，目为「清流」。保初见闻既广，立志又高，诗文根柢槃深，与其师友影响不无关系。

光绪十年（一八八五），长庆自朝鲜回国，屯驻金州，旋重患病。保初驰往侍疾，克尽孝道，事闻于朝，特旨褒嘉，且授主事。服丧期满入都，分兵部学习，光绪二十一年（一八九五）补授刑部山东主事，旋派充贵州司主稿，秋审处帮办。他在职期间，不畏权势，力平冤狱，文集中说帖两篇，其一即针对荣禄而发，以此颇获时誉。「胸填五岳恨难平，前席无人泪暗倾」（王尚辰赠诗，见附录），他早想上书论事，光绪二十三年（一八九七），鉴于甲午战败，保初乃上陈时事疏，直「以亡国之说，告之于皇上」，冀其「怵危亡」而「谋富强」。这封奏疏中还指斥了「大珰」（八指头陀赠诗：「一疏惊天动大珰，不妨风雅更清狂。」）。时刚毅为刑部尚书，抑不上达。保初乃愤然引疾南归。故范当世称其「以行得官以言去，古人如此亦堂堂。」他未去职以前，早有变法维新思想。梁启超初入京时，年才二十四，尚未甚知名。保初即目为「奇士」「冠世」，并向孙家鼐力荐，启超因之得入自强书局。戊戌政变前后，他著文痛论阻挠新法之害。变法失败，谭嗣同等就义，他时已南归，又写哭六君子诗并「为亡人讼冤」。庚子（一九〇〇）时，他写信给袁世凯劝其「行桓文之事」（与东抚书）；他对义和团认识不足，那是阶级局限，但信的主旨在于支持光绪帝实行变法，这在当时还是有进步意义的。辛丑（一九〇一）以后，他又入京上疏，请求慈禧太后归政，辞旨切直，天下忌之。梁启超说：「迴銮以后，薄海所想望者，惟此一举，然莫敢言也，惟君毅然犯政府所最忌而言之」（饮冰室诗话）。书为权势所格，又弗得达，然疏语流传，直声益震天下。既而回至上海，对维新、革命两党活动，多所支持，声望益高。当时南北人士以及由海外归来者，凡至沪，无不访晤保初，日本、朝鲜人士亦多就请教。他亦曾亲游日本，于马关题诗，写其「伤心」之情。光绪末，至天津，为袁世凯所困，「金尽裘敝」（孙宝瑄：忘山庐日记）。其间适袁一度退居，保初曾与往来唱和，诗集中有和袁感事之诗，其言「坐昧连横失霸图」，当即批评袁在庚子时未能采其书中主张。袁世凯早先曾在长庆幕府，与保初为兄弟之交，袁贵之后，保初勉以「君王神武丁多故，好建奇功答圣时」，但袁不肯采纳。因此，袁虽赠以重金，保初亦斥而不受。宣统三年（一九一一）春，南归上海。其女婿章士钊回忆云：「项城（即袁世凯）利用时局，帝制自为之阴谋左计，又使之（指保初）中心隐痛，无从言说，于是，先生不得不病矣，不得不逃实归虚，而以风痹终矣」（北山楼诗文集后序），卧床两载，于民国二年二月二十一日逝世，年才四十五岁。遗命葬沪，墓在静安寺第六泉旁。

三

吴保初生当封建末世，面临列强交侵，蒿目时艰，忧深思远，积极参加到当时先进的中国人的行列，为国家富强，大声疾呼，然为事势所格，终于抑郁以死，这是时代的悲剧，他的一生事迹，也就哀感动人。他的诗文是他的心声，也是他那时代的心声，是文苑精华的一部分，也是近代史文献之一。

就文而言：清代散文主要是桐城一派。但它以雅洁见长，不足以表现巨大的时代面貌与历史变化。阮元——刘师培倡「文言」之说，以骈文为宗，欲以救「桐城」之弱，然骈文不适于用，亦自显然。龚自珍——章太炎上取庄骚，下法魏晋，蹊径独辟，令人耳目一新。惟其古泽斑烂，亦不便于普及。康梁「新民」一体，适用于报章，而艺术性则相对减弱。保初之文，既不受桐城之局限，亦不为魏晋之附庸，合骈散于一冶，以适用为指归。于侃侃直陈之中，兼排比铺陈之美，言必有物，意无不达。如请归政疏，历数垂帘听政之弊，又单刀直入地指出「亲政钜典一日不行，则外间浮言一日难靖，即邦本一日不安。」接着又言「万寿山之风景依然，颐和园之花鸟无恙，湖山钟鼓，暮景堪娱」，以此劝慈禧「安居深宫，藉资颐养」，则又兼骈俪之美，以藻绘为工。其陈时事疏中，指出「今天下病亟矣！谁秉国钧？谁尸国政？祸阶之厉，至于此极！」大声疾呼，垂涕而道。又云：「诚恐皇上春秋鼎盛，犹日与宫人宦寺为狎昵，日以博奕演剧为戏乐，而四方解体，兆姓寒心……」淋漓痛快，气盛言宜，清新秾郁，两妙俱臻。康有为评其「文似汉人」，盖由其骏快劲悍，意无不达，近于贾谊晁错的缘故。

就诗言之：清诗在嘉道以后，龚自珍开创新风，影响最大；光宣之后，则「江西」一派，亦颇盛行。吴保初卓立诗坛，「俯仰身世，托之于诗」，其幽愤深广，寄意渊微，未尝不受龚之影响，而峭折坚劲，则又有取于「江西」。而最重要的还在其写出时代心声，有着他自己的个人特色。如：

悻悻人间小丈夫，愤来直欲斫珊瑚。谁为天下奇男子，臣本高阳旧酒徒。正则怀沙终为楚，子胥抉目欲存吴。何堪更作哀时赋，萧瑟江关泪已枯。

——自题批鳞草后

总角年华致此身，涓埃无复答君恩。诗书聊欲酬先志，名字深惭籍党人。北阙觚棱重回首，南山风雨独伤神。从今膝下承欢去，清泪潸潸出国门。

——国门

圣朝不杀士，尼父吊三仁。西市诸君子，东林旧党人。涓涓流碧血，扰扰窜黄巾。未必逢天怒，阴霾暗紫宸。

——读东林传（哭六君子）

杳花零落柳毵毵，独倚危栏望碧潭。春到江南肠已断，况无春色到江南。

——江南

万顷云涛玄海滩，天风浩荡白鸥闲。舟人那识伤心地，遥指前程是马关。

——玄海滩

这些诗，正如汪国垣所云：「生遭世变，哀乐特过于人，激楚之音，出以清怨」（光宣诗坛点将录）。我们应该看他以「屈子骚心」而「抵掌开襟话五州」（八指头陀语），从而「穷愁纳骚雅，吐词独隽绝」（陈三立语）。襟怀高旷，故得陶韦之髓；沉著痛快，故得老杜之神；沉思渊旨，故有王安石之风（参看宋恕、梁启超评语）。熔铸古今，不名一体，放眼世界，自开新境。我们不仅可以从中看出其造诣，且可以看出诗在近代的变化发展，很值得文学史特别是近代文学史研究者的研究与总结。至其为近代史资料之一，足供史学工作者取材，那更是无待详言的。

四

吴保初诗文，在其生前曾排印过未焚草与北山楼集。他去世后，他的学生陈鹤柴（诗）先生又曾加以整理，印出了北山楼续集。陈先生也是近代著名诗人之一，他长于吴保初，而以吴保初为师。这种精神，至足感人！吴保初死时，陈先生珍护遗书，又广泛搜辑，加以传播，其古道高风，亦令人钦敬。陈先生家极清贫，而热心安徽文献，先后独立编成皖雅庐州诗苑庐江诗隽诸书，其中皆有吴保初作品。续集中还收了康有为、章士钊所撰志传，对研究者很有帮助。我们这次整理是在陈先生工作基础上继续进行的。

下面，谨就这次整理中的辑补、编年、标点和附录的情况作一些说明。

辑补方面：主要是会合已印的几种，又搜集了一些集外作品，有的见于他书，有的出自保初手迹。经过辑补结果，共得诗三六一首，词六阕，文二十六篇。就目前说，这已是最足之本了。

编年方面：原印本中，有的注有写作年代，也有未注的，也有注误的，现在详加考订，按年编排，且一一作了注明。只有十首诗，未能考出，只好阙疑，另编于后。诗经编年，即无异于年谱，保初行实，于此基本可见。这是有助于知人论世的。

标点方面：采取新式标点，以便普及。在标点时，细审文理语气，结合前人读书习惯，务求当于作者之心，便于读者之读。

附录方面：分为四类：一、序跋；二、传志；三、题赠；四、杂评。我们广泛搜集了近、现代的文集、诗集、诗话、笔记，还有现在还健在的人的回忆与论述。凡与吴保初生平事迹及其诗文有关的，一概录入。这对于研究吴保初及其诗文是会有帮助的；它还将有助于近代史的研究。

总之，由于吴保初在当时交游很广，接触者多，又关心国事，议论纵横，因而从他和他的朋友来往中，就反映了近代史的某些侧面，反映了近代文人学者生活的某些侧面，这本集子整理的意义就超出了一本「别集」的整理出版，也就是说，这本「别集」，它可以从多方面适应有关学科研究者的需要。区区微旨，当邀鉴察。至于疏漏，在所难免，更希望读者多多指教。

孙文光

一九八九年七月二十五日

自序一

保初不祥人也。年十五，先君子自朝鲜提兵内渡，明年，遂弃养金州。维时法越方构难，崎岖烽火，奉先榇归田里。既猥荷朝廷特恩拜任子得待罪辇下，忽忽且壮，于学无所窥，顾性耽吟咏，又不皇暇求之古人，偶有所作，随手抛掷，无复省录。窃以诗之为技，即能偶臻极诣，亦等之飞埃野马，飘灭于天地之中，况诗又本不足存耶！惟自念生平，赋性迂戆，哀乐特过于人；然则是区区者，又保初诊痴之苻，哀时之泪也。虽欲尽弃，若未能忍矣。

初，保初幼时尝读书北山楼。北山楼者，曾文正公开府江南时，为先君子所筑，即先大父京卿公所尝讲学近思轩旧址也。壁间有何子贞太史题额一幅并跋尾，道先君子志行甚悉。自奔走人事，与此楼日益疏远。丁酉，始弃职归，山居多暇，因略楼检所中贮典籍，大都已稍稍散佚，今所存者，只四万余卷，而壁间何太史题额，亦不可复见矣。回忆儿时游钓之处，几如隔世；而侧身北睇，则浊流滔天，敉棹南行，复赤旱千里。况君辱于上，臣死于下，道有豹虎，民无盖藏。环视吾兄弟，疾痛颠连，哀号莫诉，又不知能有此从容弦诵时否也。虽然，青霭朱颜，山间之朝暮也；闲鸥野鹤，湖上之故人也。山水方滋，聊以卒岁，则保初之诗，其或从此稍进乎，抑亦可以已矣乎。因缀集十余年来所作，命曰北山楼集云。

自序二

余幼丁世变，于学问未窥门径。间有所作，亦等之飞埃野马，随风飘灭而已。今之所存，若以例子云壮悔，即无所谓北山楼集者矣。第今日之旨趣，异于旧日之心情，海内故人必嗤余，即此小道，亦终无有是处。抚掌见陋，实所甘心，不则以之投溷焉可。

光绪乙巳八月，庐江吴瘿。

北山楼诗

壬午（一八八二年 清光绪八年）

春城闲眺

平居惟好静，散步出荒城。寂寞芳春晚，苍茫客思盈。忧时花欲堕，得句鸟频惊。徙倚长林下，能无愧此生。

癸未（一八八三年 光绪九年）

游半山寺

野径残花寂历开，偶将屐齿印苍苔。争墩往事谁能说，为访幽踪我独来。

甲申（一八八四年 光绪十年）

金陵送友人别

少小阔离别，相逢建业城。悲欢一樽酒，聚散十年情。愧我无长策，何堪继令名。江关明日道，念尔独长征。

有感

蹉跎闲岁月，往事不堪论。岂意终天恨，翻因受国恩。修名愁未立，先业必思存。读史怀韩范，忠清遗子孙。

得袁蔚廷书述韩京战事

历历朝鲜事，防边岁又终。烽烟悬独戎，蛮触更争雄。辽海曾传箭，天山且挂弓。英英都护在，魏绛已和戎。

乙酉（一八八五年 光绪十一年）

春日遣怀

门前旷幽瞩，春风吹裳衣。四顾何萧条，鸟语相斐斐。原上滋青草，游子殊未归。俯仰复三叹，徘徊久瞻睎。相思在长道，之子与我违。萝径自岑寂，孤琴为谁挥。余怀蹋未展，斯世将焉依。朝饮木兰露，夕采北山薇。乾坤逝安适，日暮独扃扉。

寄友

兀坐思往事，寒灯愁未眠。小楼一夜雨，涨断隔溪烟。

缠绵复缠绵，相思各异县。故人几时回，寒梅开满院。

登皖江浮图

相传英果敏公子麟格为塔神

孤塔耸寒流，苍茫万里秋。伊人独不见，江上客生愁。

中庭

萧瑟中庭落叶声，秋风一夜满江城。茫茫世事终难问，且卷疏帘卧月明。

旅宿

旅馆凄凉夜，中天月色明。清歌临广陌，黄叶落荒城。望远鱼书渺，冲寒雁阵横。孤怀愁未已，假寐候鸡鸣。

旅夜书怀

明日江城道，行踪不可留。孤灯怨遥夜，残月落高楼。风雪岁云暮，关山我旧游。故人何日见，樽酒话离愁。

送陈静渊归里

嗟君已心醉，况复别离时。送子独归去，今余情更悲。穷通自有命，歧路泣何为。语罢各分袂，含凄欲告谁。

送程超然归龙眠

风雪故乡道，龙山梅正开。嗟君从此去，何日尺书来。路绕关山远，心随旅雁回。无为儿女态，含涕共传杯。

寒夜

岁晚寒侵幕，高斋独拥书。残灯遥夜静，明月满窗虚。渐觉敝裘薄，惟听清漏徐。翛然无一事，幽寂称闲居。

丙戌（一八八六年　光绪十二年）

同友人游胡氏山馆怀先武壮公幕中诸君子

晚来高士宅，落日满空林。野径无人迹，深山啼怪禽。一年芳草暮，万里故人心。回首辽东事，苍茫泪满襟。

【按】此诗写作时间，一系于乙酉，此据作者自刻未焚草置此。

感怀

宇宙何寥廓，俯仰叹无垠。万物生其间，茫昧难具陈。咄彼名利客，渐世徒苦辛。邦事日已废，冠盖日已新。中原岁大恶，饥馑忧蒸民。王道业坠地，滔滔谁问津。嗟哉余小子，胡独生不辰。帝阍怅悠远，郁结情难伸。缅希箕颍风，恐废君臣伦。索寞怀前修，涕泗满衣巾。人生复几何，欻焉如飞尘。鼎鼎百年中，何以酬君亲。

【按】此诗一系于甲申，据作者自刻未焚草置此。

残夜怀人

我本山中客，荒居猿鹤邻。苍茫春色晚，寥落别愁新。心折远游子，寒惊独夜人。何因遣岑寂，不惜苦吟身。

中夜

云开雨初霁，纤月隐园林。人去觉岑寂，夜深鸣素琴。残萤沾野草，清露滴幽襟。遥想吴门客，相思愁我心。

送大兄子恒之鄂

明月满湖水，清樽此夕同。嗟君千里客，散若九秋蓬。兄弟关山远，风尘道路中。离亭一挥手，鞍马各西东。

送内兄黄琛南游楚

迥夜月华明，愁人空复情。少孤常作客，疲马畏长征。旅舍悲王粲，湘江吊屈平。嗟君来日恨，惆怅隔山城。

寄大兄

短檠独夜难成梦，寒雨秋风易断魂。忽忆江湖波浪恶，不知何日到荆门。
凉风天末意如何，黄鹤楼中几度过。休怨乡书无与寄，月明江上雁声多。

晓晴

鸣雨作复止，萧然天气清。西风吹木落，远水入河横。岚采含余韵，林光破晓晴。愁窥秋草色，忽起故园情。

秋夜

雨霁水明楼，星稀月窥榭。暗虫鸣秋风，寒林鹊惊夜。久立露沾裳，荒园木叶下。

夜泊

发棹朝霞鲜，寄缆晚烟绿。心事杂烦冤，奔波如放逐。鸿雁久逶迤，岁时一何速。木叶缀疏疏，江山空撼撼。樵子应已眠，舟人殊未宿。淹泊匪余心，惆怅今何夕。凉月忽流天，独照霜江白。

泊山寺下晓起闻钟

古寺属高岑，疏钟出云表。寂寂枫叶疏，冉冉众星小。曙色明颓波，凉飙惊栖鸟。独帆何透迤，月落寒江晓。

偶至田家作

自笑尘氛客，忽随沮溺群。高林过疏雨，飞鸟逐行云。瓮牖余残暑，郊原渐夕曛。秋风将落叶，萧索不堪闻。

夜归

嘒嘒虫鸣秋，剪剪风侵幰。客行经石桥，钟声入云巘。萧条岐路间，索寞空林晚。日昃少人行，荒村独归远。

旅夜

夙夜心何在，辞家赋远游。如何爱羁旅，不畏倚门愁。湖海孤帆迥，年华逝水流。明朝江上棹，烟月不堪留。

丁亥（一八八七年 光绪十三年）

春夜遣怀

旧国林园趣，新年风景殊。流澌平楚外，积雪广庭隅。岁去人将发，春来病欲苏。无才怀寸禄，薄宦寄微躯。夙志嗟难遂，论文敢自诬。宴游多彦士，先达尽通儒。宦海初浮檝，迷津孰问途。生涯总憔悴，世路更崎岖。云物变苍狗，年华过白驹。沉吟怜岁月，俯默看荣枯。作客经吴会，辞家赴上都。君王新莅政，臣子共艰虞。朝野咸欢乐，揄扬岂仆夫。和风流海外，华月耀天衢。献赋宁难遇，吟诗且自娱。菁菁滋院草，靡靡蔓庭芜。良觌何由值，佳期不可图。芳原春月夜，北望正踟蹰。

将赴都门留赠家山亲故

束发就外傅，迟钝百不如。一朝承明诏，驾言觐皇都。年齿逾二九，仍复滞里闾。余心日茅塞，学业多荒芜。淹迟非吾事，欲往还踌躇。岂谓贫而致，匪为饥所驱。宁甘骨肉远，况与田园疏。聊欲继先志，讵敢堕其躯。悠悠帝乡远，一去千里余。世途多荆榛，安得不崎岖。相期各努力，岁月如白驹。

留别霍骞甫水部

邂逅临征途，劳燕嗟异致。君归悲陈情，余往求自试。惊看困缁尘，容鬓已憔悴。分索在俄顷，觏君当何地。骤雨渍芳园，春风惠然至。且莫荐芳醪，相视心已醉。

舟次黄陂

去国远行游，发棹山之麓。溪花疏更明，陂水静以盎。行舟逗远村，日落多罣罳。此去怅悠悠，下士心纷逐。薄宦奉高堂，水国舟如屋。绵邈波途遥，荏苒岁时速。生事竟何如，永言中心恧。

舟行

惊波流浩浩，风劲日初沉。千里淮南客，孤帆江上心。春明沧海远，建业大江深。久抱羁孤恨，蹉跎独至今。

简裴伯谦户部

阴雨初含霁，垂甍溜尚滴。袅袅来风凉，黯黯流云湿。逍遥溽暑退，索寞日将夕。咄哉风雨师，连朝阻良觌。

送内兄黄琛南旋里并示诸友

游鱼返故壑，去鸟旋旧林。笑我何梗泛，不知浮与沉。闾井日千里，关河阻重深。契阔易为感，忧重固难任。分索古所叹，送子滋遐心。殷勤执别时，一语甚兼金。南中遇吾友，布怀我所钦。为言京洛客，缁尘叹弥襟。

寄友人都门土宜

此物奚足贵，此情弥幽深。营蒯勿复弃，故人千里心。

喜陈孝威见过

人世干微禄，阆风心事违。燕山秋欲晚，穷巷客来稀。为问陈惊座，何如刘孝威。过门频驻马，谈笑夜忘归。

槐市秋萧瑟，仙郎忽见过。烛愁然夜短，诗为感时多。身世双蓬鬓，年光一掷梭。莫嫌霜露冷，素月挂庭柯。

寄马静斋

晚来溽暑退，秋至孤兴发。不知凉飙生，惜此芳华歇。念子如调饥，矧乃关山别。欲问千里心，相思共明月。

戊子（一八八八年 光绪十四年）

春日闲居上竹坡师

欻忽二十载，诗书多荒芜。幸兹客都邑，得遂此闲居。春风惠然来，草木日渐苏。栽植欣有托，情性亦已舒。百卉蔼东原，孤芳凌绮疏。吟眺恣幽赏，寂寞遂忘劬。读骚若有会，憔悴悲三闾。至德不隐世，杜门聊著书。即此惬衷素，谁复愠穷庐。

苦旱与寿富侍竹坡师联句

去秋豫河决，今夏复苦旱。竹天意竟如何，灾黎谁悲悯。初郊原试眺望，尘高禾黍短。富日灼山翠枯，泥坼溪流断。竹焕郁百草萎，憔悴众芳陨。初岂无为霖云，热风吹易返。富纵能雨天下，时过嗟已晚。竹造物胡不仁，宁视贤人隐。初安得御龙策，沧溟鞭玩蠢。富我皇祷虔，屯膏天讵忍。竹古人亦有言，物极必将反。初会看三日霖，万绿起偃蹇。富

伯福登第投诗为贺

劲翮翔霄汉，纤鳞随沉浮。尔我虽投契，飞沉不相侔。君方振羽仪，高睇昆仑丘。下士徒梗泛，青云路阻修。云路既阻修，平地有摧辀。霜蹄一以蹶，隐轸空怀愁。凉飙何熠

熠，凛然天地秋。坎壈蹋怀抱，毋乃妾妇羞。感君崇令名，勖我以勤修。懿哉金石交，相得何绸缪。相交贵知心，毋使中道休。为君聊一欢，散余千万忧。

戊子岁晚南归

江上烟云余落日，天涯霜雪滞归人。闺中若卜行游处，独向汀洲愁白苹。

【按】戊子岁晚，作者似在北京。此据陈诗北山楼诗续，姑系于此。

已丑（一八八九年 光绪十五年）

游海土村

万方琛赆朝天日，士女纷纷访道场。夹毂倾城断流水，朱颜绿鬓闪明珰。衣冠整洁朝鲜使，言语呼嚎蒙古王。汗漫独游燕市里，一时烟景入诗囊。

夜发行次天津

偶因归省赋南游，梦里魂飞故国楼。永夜独行千里客，长途只载一车愁。鹓鸾得路翔天阙，猿鹤移文出故邸。欲识行踪何处所，天津桥上月如钩。

寄大兄

年年书剑常为客，日日江湖未卜居。但使处囊能脱颖，不愁弹铗叹无鱼。每因薄宦怀君泽，赖有吾兄读父书。差喜壮怀堪许国，未应憔悴老樵渔。

桐城道中

六载风尘燕市客，忽闻湖上采菱歌。烟波一棹诗情远，到处秋山红树多。

庚寅（一八九〇年 光绪十六年）

送张霭青之蜀

花市斜街里，琴樽几日同。鸣驺寻鸟道，飞旆入蚕丛。余事耽风雅，持身勉孝忠。悬知下车日，骑竹舞巴童。

当代论才子，嗟君有令名。承家思肯构，报国矢平生。晓月芦沟道，秋风剑阁程。河梁一携手，云树远含情。

嘉平十六夜

凉月出东林，流光皎如雪。三五何明明，二八又将缺。觌面未宜疏，况乃关山别。千里孰起予，寸心为君折。

旅雁鸣朔风，羁心忽零乱。之子渺何方，千里音尘断。所嗟樊笼中，翻飞无羽翰。怀人情徒伤，耿耿岁方晏。

嘉平十九日坡公生日祁尚书招饮赋诗

岁暮寒意积，黯黯重云繁。盛会极文宴，诸彦咸荃荪。耆德切邦直，容接在李门。亲贤谊弥切，下士道愈尊。跻民必衽席，致主追羲轩。余事溯风雅，大川发高原。眉山久寂寞，良辰未可谖。东山集裙屐，北海盈罍樽。旨酒共清浊，嘉肴杂炙燔。逡巡华筵肃，酬酢朱颜温。白雪飘词章，清风皆雅言。荐达荣庙廊，护惜到邱樊。蒙也一何知，拂拭重玙璠。永怀缅先志，岁月懔驹奔。厌厌夜醉归，素魄辉林园。赋诗冀报公，郁轸意徒烦。

辛卯（一八九一年　光绪十七年）

行次津门作

阆风绁马久沉思，沃岸尘軏亦渐疲。又见天津桥畔柳，青青犹自向人垂。

简张君直观察时闻其令叔翰轩军门归道山

仓皇惊沛南中状，愁说霜飙折太柯。父执近来都丧逝，中兴耆旧已无多。

晚泊扶港寄大兄

竟日风波撼客艭，那禁涕泗去乡邦。蒲帆飒飒风折樯，扶港沉沉日堕江。见说兜离蹲海澨，眼看飓飓伺船窗。高堂别后应强健，好寄邮筒鲤一双。

寄杨庵切大令

万物纷纷各自私，蒸蒸黎庶苦罢羸。我怜驹隙成穿蠹，君以牛刀困割鸡。结绿干将原不器，飞黄泛驾叹无鞿。人间万事谁堪说，江水东流日又西。

吊孙君异

杖策雍容随使节，五年为别去天都。忽闻嵇世嵇中散，竟学沉江屈大夫。徒有报笺余涕泪，何从挂剑觅邱墟。传闻岛国还祠庙，哭野神伤一束刍。

酬陈孝威刑部

雪意晚来重，愁云阴漠漠。凛冽岁云晏，萧斋坐落寞。病起临前轩，炉酒寒无却。华年见宣发，揽镜徒惊愕。京洛王侯居，谁是平津阁。君方崇令名，我心仰葵藿。与世忽相厌，烟梦思旧约。未税江上驾，已脱尘中脚。哲士不世出，君子重然诺。开函讽君诗，归心满邱壑。超逸同庾，清达越刘郭。我在尘土中，鹤唳无好爵。闻君将远行，百忧纷交作。交久情乃敦，义重焉能薄。三复瑶华篇，寸衷弥愧怍。

送徐又穆

驰驱江海十年别，想见先生世味慵。今日心期惟向秀，他时谁敢笑刘松。君应历尽崎岖路，我亦年来憔悴容。语罢城南留不得，可容追逐托云龙。

偶忆

壬辰（一八九二年 光绪十八年）

刻意伤春春不知，凤城春尽更堪悲。平生爱听吴娘曲，暮雨潇潇白傅诗。
不是沧溟别东美，何如越客网西施。可怜入骨南歌子，红豆江南有梦知。
十洲三岛路遥遥，真感生来未易消。解珮披香成底事，一时惆怅薛宜僚。
空传玉女逢张硕，无复尧藩赋郭姬。珮冷香消人不见，销魂桥畔柳丝丝。

游南顶

胜日寻芳出国门，钿车队队逐香尘。东风瞥见惊鸿影，谁解凌波赋洛神。
别来消息总难知，绿叶成阴恨已迟。最是相逢肠断处，含情无语涕凝时。
朝秦暮楚漫相伤，应许温柔老是乡。解识高唐神女意，未应陌路视萧郎。

钿车绛幰隐婵娟，白马金鞍一少年。从此无心三五夜，任他明月自团圆。

调朱子俊农部

从来游侠幽并地，何处东风控紫骝。翻讶丽人下天上，一时回首望琼楼。

鲜鲜翠羽闪明珰，知是巫山窈窕娘。笑语多情朱子葆，不将艇子载夷光。

一春丝管吴趋盛，那有东施浪得名。佛说横陈同嚼蜡，修明何事擅倾城。

却忆君家好季昆，吟诗轶事记梅村。无端又到壬辰岁，不似相逢寇白门。

得大兄书却寄

吏隐金门已六秋，归心日夜向林丘。宁知梦里耽佳句，未若同登池上楼。

簪笔久依丹凤阙，思君遥睇白云乡。书藏怀袖又三稔，我去京华已六霜。何异骅骝疲道路，还同鸥鹭念陂塘。莼鲈好待秋风起，归买吴江一苇航。

题王襄悼亡诗后

金缕招魂念行修，雉飞一曲为君愁。秃毫兀兀俄成冢，揽涕哀吟尚未休。

酬童茂倩

斜街相隔一飞鸡，夜夜分光太乙藜。少以清狂争一鹗，壮能恢诡化千瓶。才名洛下空文藻，诗句河梁记雪泥。赫赫王城人似海，故应东野首长低。

送叶曙卿军门

将军报国有弓刀，诏许专征拥节旄。一笑腾拿龙虎气，长城千里月轮高。
未觉榆关道路长，捷书昨夜奏明光。都人爱说官军事，几日从容夺建昌。
衮衮黄裳紫禁颁，喧喧朱鹭叩刀环。酬庸天子恩犹重，出塞嫖姚鬓未斑。
元戎小队真无敌，飞辔连枪百辈娴。闻道郎君新别将，突骑腰袅出榆关。
故交零散各天涯，旅店微吟语不哗。差喜道旁逢马燧，一开青眼向西华。
短衣犹带塞垣尘，作色谈兵却有神。我愧戎曹闲散吏，不逢圯上授书人。

吊竹坡师

闭门多病老相如，忆向东山问起居。才子登庸周八士，宗臣憔悴楚三闾。罢官谏草空盈箧，晚岁诗名隐敝庐。车辖凄凉今宿草，招魂我欲泣幽墟。

癸巳（一八九三年 光绪十九年）

简吴仓石

生事待营五斗粟，宦情真似九州烟。抱关作尉官虽小，襆被禁寒骨已坚。煮石昔曾同我饭，割鸡谁复识君贤。却嫌浊世知音少，雕镂风骚莫浪传。

郊居

脱去尘羁燕赵间，又随沮溺鹿麛班。荒村寂寂少人过，自起开门看雪山。

甲午（一八九四年 光绪二十年）

戏作简霍虞部兄

矫矫云中鹤，泛泛江头凫。彀鸣马走凰栖棘，鹪翔鳖絷鸡喧筊。惟虫能天各自遂，万物浩荡春风苏。嗟我何为苦行役，我奚苶惫我马痡。散尽千金辞范蠡，归徒四壁愁相如。插架万卷不能读，青毡坐耗心血枯。那不念我都水霍大夫，巍冠岸帻人消迂。金鱼未佩袋曳紫，华毂讵慕泥拖朱。噫吁嘻，呜呼！吾安得骖跛足于騄耳，齐混沌于闾娵。纵不愿作八州督，亦应读破万卷书。琐琐田宅营妻拿，坎坷局促胡为乎！

简龚仰蘧公使

孰谓平章三不开，剡书推毂到蒿莱。蒲萄酒醉凉州曲，苜蓿歌终天马来。陆贾优游新语出，终童慷慨弃缟回。巴黎万里行人远，修饰惭无子羽才。

偶作

入世既无补，归欤愧北山。似闻乞米帖，犹复在人间。

感旧

僦居永光寺，卜宅在西街。废刹已无佛，长衢宜种槐。清宵走繁柝，永日却愁霾。日日高轩过，伊人不可怀。

晓起

巑岏高城噪曙鸦，西山霞起照檐牙。初晴霡霂侵宵雨，喜见婵嫣一院花。安得还山共鸡犬，终嫌游洛饱风沙。燕南芳草年年绿，谁遣王孙苦忆家。

赋得万人如海一身藏

未挂朝衫神武门，一官潦倒恋君恩。每经文恪尚书宅，且住孙公退谷园。冷宦未嫌身作仆，穷居聊借屋为裈。藏身金殿真堪隐，岂必桃源避世喧。

送陈静潭舍人落第出都

君是元龙湖海客，梁园回首鬓毛摧。幽忧渐觉闲情少，孤愤频教猛志灰。季伟割鸡曾共饭，唐皋知命不重来。紫泥早晚天书下，应问长杨作赋才。君尝代人作万寿颂。

闻东事有感

楼船横海赋东征，英簜乘边有盛名。细柳营中宣礼乐，莲花幕里出公卿。封章屡守营平节，谋国终怜魏绛情。行见扬尘东海上，更谁投笔请长缨。

即事

玉帛金缯作岁供，筹边终古误和戎。鲜卑近日无消息，朝士纷纷说马隆。

寄家山诗

别来一百月，别恨万千重。犹忆西楼上，空山与听松。
前年去京国，昨夜梦沙溪。无限山河感，惟君倘得知。
不缘慈母意，游子苦思归。终令还乡县，秋深未寄衣。
入世既无补，归软愧北山。似闻乞米帖，犹复在人间。

【按】第四首，一本另题偶作。

偶作

连朝愁淫霖，长河耿将翳。羁客夜无眠，庭雨纷琐细。秋风黄叶飞，亲舍白云际。一月头不梳，千里心常系。诚哉令伯言：人生莫为弟。嗟我竟何为，坐使驹光逝。天道非难知，人事有乖戾。蜉蝣尔何心，逍遥人间世。

寄内

贫贱常戚戚，富贵常婴婴。婴戚两无朕，祸变生东夷。烽燧久未熄，干戈动经时。王者岂好战，丑虏纷猖披。狞飙振槁叶，严霜瘁枯枝。败绩屡奏闻，旰食繁忧滋。不才将家裔，激愤摧肝脾。请缨岂无路，绝裾诚所悲。骨肉渐已远，锋镝乃所私。贫富会有尽，生死焉得知。儽然为此别，此别非平时。老母发浸白，定省谁扶持。荣辱实自召，谤誉姑听之。脱能赋归来，与君陈相思。

乙未（一八九五年 光绪二十一年）

古意

罗袖拂臣衣，玉钗挂臣冠。臣之东邻子，最得臣心欢。

春夜

环珮翩翩洛下尘，东邻桃李艳余春。月明满院风铃语，疑是杨家执拂人。

小鬟

小鬟碧玉谁家女，媚靥便娟红粉妆。无事学梳五云髻，背人偷怨汝南王。

赠伶人

旧事惟应问水滨，春风吹梦堕东邻。花飞三月燕山暮，忽忆樱桃街里人。

三月四日引觐乾清宫口占

凿井而饮耕田食，康衢何人歌帝力。圣人南面终忧勤，神农憔悴舜霉黑。

恭阅朝报感赋

早渥恩言分夏部，又蒙明诏补秋曹。上牛蚊子徒为尔，入袋猢狲那可逃。羁宦未嫌生计拙，思亲终恤梦魂劳。重烦小妇三旬爨，检点空箱典旧袍。

送黄漱兰先生归瑞安

峨峨髦士满中朝，直节松筠总后凋。早叩金扉陈谏奏，晚贪花市辟尘嚣。能驱归马抛簪绂，肯共蒙鸠挂苇苕。心折汉家贤少傅，东都门外毂声遥。

书事

戎马驰驱三十霜，凯歌当日唱朝阳。论功便比辽东豕，持节多惭陇上羊。休道郭开仇李牧，不闻子政讼陈汤。数奇飞将前勋在，对簿而今事可伤。

直夜

刚日参衙柔日归，簿书清简吏人稀。寺楼钟鼓忘昏晓，城郭人民有是非。岂有冤魂悲棘木，似闻夜鬼哭圜扉。莫言九事八为律，昆脚皆头愿已违。

哭永山谥壮愍

豺虎纵横日，谁堪社稷臣。死生原细事，忠孝几完人。纵竭新亭泪，何关曲突薪。英魂当杀贼，一为靖边尘。

夜梦故人朱曼君感怆赋此

青天碧海骑鲸去，小别千秋返夜台。季重旧游成鬼箓，谪仙词赋岂凡才。天荆地棘归魂惨，月黑枫青入梦来。欲挈只鸡向何许，山阳笛里不胜哀。

【按】此诗曾辑入庐江诗隽。该书编者陈诗在题下注云：「诗案：先生此诗，因甲午旅顺陷，曼君旅榇未归而作。」

送勒今晦归西江

铁马银鳌千丈开，酒龙诗虎万夫摧。狂名久播人间世，拂袖高歌归去来。多谢田园姑养晦，不堪天地正须才。送君多少苍茫感，热泪临风洒一回。

偶占

柳下晚风凉，城居却似乡。西城占大稔，邻舍夜舂粮。

晓色

晓色东方启，天门跌宕开。双丸悬赤县，九陌起黄埃。宦况清如水，车声响似雷。门前投刺者，莫是孔融来。

散步出平则门望西山

步出平则门，风景自清旷。偶释吏囚拘，便觉心神王。西山迎我来，哌然遥相向。松岚曲径蟠，草色连天涨。峰峦竟异观，阴晴亦殊状。恋嫪憩幽人，谐婴恣谑浪。环顾尘坱中，热风不可向。厌兹名利场，且复乐疏放。云木森骈罗，水月相骀荡。陵谷有变迁，天地终无恙。薄暮惄然归，行行聊一望。

望西山翠微峰

孰把西湖比西子，我将西子比西山。醉颜远映枫千叠，浅黛初颦月一弯。余霭成霞张锦幕，飞泉溅瀑堕珠环。云车小驻长生殿，时见仙娥采药还。

九日钓鱼台观试马怀任公

簪萸时节一登台，迤逦黄花夹路开。木落萧条秋意老，风回飚激市声哀。千金难觅骅骝种，一榻谁悬梁栋材。盛世上书犹痛哭，少年人惜洛阳才。

丙申（一九八六年　光绪二十二年）

听雏妓弹琴

某妓名二喜，山东人。年甫二七，颇具娴静之意。庄子所谓尘垢云云者耶！善鼓琴，为余弹阳关、归去来二曲，类多悲怨，作诗悯之。

春风走马踏尘红，老佛拈花一笑空。那有闲情调粉黛，无端幽怨入丝桐。茶烟袅袅初沈夜，花影离离欲堕风。莫笑青衫更愁绝，天涯沦落与君同。

和陈虞臣刑部游白云观韵

缥缈神山十二楼，真人一去白云留。相逢阮籍开青眼，几辈冯唐已白头。陌上花开非复昔，樽前泪落不能收。欲随鸾翮横霄汉，心事于今已谬悠。

文芸阁学士获严谴作诗送之

廊庙江湖事本同，几人投劾去匆匆。弹章已落奸谀胆，清议能生台阁风。早把一官轻敝屣，便看鸷鸟脱樊笼。送君苦忆江南好，草长莺飞二月中。

再送芸阁

疾风吹劲草，故宅冷松筠。江海几人去，行藏一叶身。不愁沙射影，终虑海生尘。何日回天怒，除书访逐臣。

戏赠姬人许君男

卜居喜近永丰坊，投我明珠李侍郎。一自城中学高髻，旁人争说内家妆。

晚春

朱门紫陌斗豪华，游女倾城踏落花。阆苑新传柘枝舞，御河轻飐柳丝斜。黄金为勒嘶班马，绣幰如云走钿车。日暮天桥人影散，绿阴帘外即天涯。

简诸曹长

盐车疲马日趋衙，孤负春风陌上花。乌显鸿昏聊自适，尘编蠹简送生涯。猛思沧海身如寄，起视南窗日已斜。倘肯相从拚醉饮，还欣燕市酒能赊。

【按】此诗曾辑入皖雅初集，题作简署中左舜卿绍佐、周节生汝钧、陈虞臣乃赓诸君子。

送任父之申江

吾友梁任父，飘零真可哀。少年入京国，下笔挟风雷。亦有新亭泪，斯人贾谊才。江湖须自重，猨獭久相猜。

送人

乐莫乐兮悲莫悲，一生悲乐几多时。门前绿尽垂垂柳，又向西城送别离。

听伶人采芝弹琵琶

百啭流莺声缓缓，一时飞燕语喃喃。分明不是浔阳曲，湿尽江州司马衫。

万寿寺

御河夹岸柳垂丝，弱絮沾泥不自持。日暖夭桃争婉娈，风翻柔荇总离披。倾城游女贪春色，跋浪儿童负水嬉。何处春归三月暮，花飞辇路夕阳迟。

黛色

黛色映钗光，飞云压石床。破瓜嫌子嫩，雪藕引丝长。草压承趺色，花留插鬓香。轻雷过翠辇，惊起野鸳鸯。

桐花馆

汲井烹茶手自煎，倦来高阁枕书眠。桐花满地白于雪，正好清阴六月天。

客去

木樨云润暗香飘，露湿琼琚气未消。客去夜堂凉似水，梦寻庄舄说逍遥。

寄大兄

横流谁是济时才，急病年来志已灰。入世一身忧患积，怀君千里鬓毛摧。寥寥家国空回首，莽莽乾坤数举杯。此日黄金真似土，不知何处市龙媒。

再寄大兄

侧身天地空回首，独立苍茫只自哀。万里秋风传雁足，半生飘泊滞金台。机云早岁饶文誉，璨玮何人问将材。自分微躯难报国，欲携长剑赋归来。曹武惠王为宋良将第一，临终，真宗问以后事。对曰：「臣无可言，臣子璨玮材器过人，皆堪为将。」

中秋江亭宴集为朝鲜全洛人李秋冈作

相对何须学楚囚，且沽琼酿醉中秋。包胥枉作秦廷哭，鲁女深劳漆室忧。莫谓珠崖终弃汉，须知东国尚尊周。诸君试上新亭望，满月山河涕泗流。

自注：是日集者约百数十人，公卿杂沓，名流接轸，亦都门一盛事也。江亭，即陶然亭。左君笏卿误方音以陶然为桃源，且云：「何处桃源，但流水潺潺，晚烟斜照。」余曰：「虽然，人影散乱，夕阳在天，归路厌厌，几不知人间何世已。」君遂并记之。

李秋冈翰林将之辽东以诗十章留别依韵和之

丈夫激宕把吴钩，泡影年光挽不留。世乱悠悠何日了，井梧风劲又惊秋。

欲踏长崎跨九州，如君意气孰能俦。尊周一表堪名世，宵旰终劳圣主忧。秋冈上尊周表一篇，极佳。

作尉当年梅子真，竭来尘海且藏身。休言王室今如毁，收拾河山要有人。

逆旅孤灯孰与亲，挥杯劝影几经春。可怜为国身尤苦，尚有勾骊全洛人。

养痈谁遣溃山河，总是苍生劫运多。今日东华门外路，为君击筑一悲歌。

男儿有志亦称奇，扰攘风尘何处期。江上月明千里客，知君忆我忆君时。

无数寒鸦噪晓晴，壮心耿耿意难平。会当一上辞官表，归与群鸥话旧盟。

四溟腾沸憾神京，海上烽烟入梦惊。万里孤臣归未得，故宫禾黍不胜情。

得表能齐一死生，三旬九爨闭柴荆。造门杖策何人过，一角斜阳送晚晴。

飘飒西风八月大，无端离合亦因缘。明朝送子辽东去，风雨潇潇夜不眠。

和东坡岁暮韵

东坡官于岐下，岁暮思归而不可得，因念蜀中风俗，遂作馈岁、别岁、守岁诗三首，以寄子由。今笏卿曹长见余所作小诗，阿其所好，谬加褒美。自顾何人，适增惭恧。慨徂年之遂往，哀吾道兮终穷，将宅心于虹霓之端，共逍遥于陆沉之署。近届除夕，笏卿哦东坡之作，属共和之。和者为广州周君节生、浙东陈君虞臣、湖北左君笏卿以及下走初也。

时危念明主，世乱思王佐。板屋稀公卿，都市骈琛货。嗟余髫年嬉，忽复惊老大。昧道犹依然，岁晚耽穷卧。曹中多道流，春风时满座。神仙蠹食书，乾坤蚁旋磨。生事胡足忧，得时聊复过。君看古今来，几人相唱和。

岁晏光景迫，奔轮不肯迟。盛年亦已过，过此焉能追。岁去曷足惜，吾生行有涯。况乃惭不学，兀兀穷年时。禄薄腹常饿，刍乏马不肥。孰云壮岁欢，奚易童年悲。会当返旧宅，长揖从此辞。宣尼亦有言，甚矣嗟吾衰。

圣人不可见，吾道一龙蛇。君门在万里，亲舍白云遮。所期旷不接，如此芳岁何。东邻笑语欢，隔院声喧哗。炮竹彻夜响，更鼓严城挝。家人一已睡，独立星汉斜。音尘久寥寂，岁月空蹉跎。悲来天地窄，龃龉不足夸。

丁酉（一八九七年 光绪二十三年）

吾生

凤叫丹山鹤在林，吾生只合老墙阴。学琴未解幽忧疾，去国常怀浩荡心。亲见蛾眉成碧血，何来骏骨市黄金。不才自分终无补，敢向明时怨陆沉。

简黄秀北

驽马凌兢怯道途，簿书填委吏传呼。支离碌砢君应笑，文采风流子甚都。万国图书罗案几，几人台阁梦江湖。秣陵山水多雄秀，终买扬云宅一区。

送春

送尽春风春不知，文园憔悴鬓如丝。吴歈楚些供愁听。秋菊春兰入梦思。险弱宁支多事日，光阴虚掷少年时，绝怜骑马天桥路，笑杀幽燕游侠儿。

简全洛人狱中

阴霾黯黯失朝昏，有客排云叫九阍。未见戈船出黄海，又披枷锁入监门。回天谁达陪臣恨，对簿方知狱吏尊。未必圣明天子意，金鸡终为释烦冤。

棘城风雨泣孤臣，血疏何曾达紫宸。鼎镬不辞臣有主，尊攘敢谓国无人。孤忠苦节终无负，清庙明堂定有神。岌岌麻冠囚北狱，家残国破莫忘身。

偶书

故人饷我波罗蜜，云是家人南海贻。忽动莼鲈乡国思，碧天无际雁来迟。

定儿

一夕狂飙碎玉芝，盈盈十五好年时。王侯邸第连云起，风烈何人识定儿。

简伯福

搅涕诵小雅，殷忧赋大东。溺饥宁我独，哀乐几人同。大泽龙蛇斗，深山草木空。不堪家国恨，奚暇泣途穷。

寄世清

东狼西虎日耽耽，我欲批鳞叩帝关。几度丹诚忧国是，十年素食忝朝班。身羁辇毂风尘下，心在长林丰草间。瞬息雷霆惊下界，家人宁得望生还。

自题批鳞草后

一叩君门深九重，不知涕泗复何从。君无失德言空激，臣本当诛罪不容。为主应同狂吠犬，杀身还负逆鳞龙。横流四海疮痍甚，惭愧无能报列宗。

臣子难言孝与忠，诗书千古此心同。鹘鸠休笑枪榆辈，鸾凤宁栖枳棘丛。生拟归田依老母，死当地下见而翁。皋夔逢比今安适，浩气终留天地中。

悻悻人间小丈夫，愤来直欲斫珊瑚。谁为天下奇男子，臣本高阳旧酒徒。正则怀沙终为楚，子胥抉目欲存吴。何堪更作哀时赋，萧瑟江关泪已枯。

国门

总角年华致此身，涓埃无复答君恩。诗书聊欲酬先志，名字深惭籍党人。北阙觚棱重回首，南山风雨独伤神。从今膝下承欢去，清泪潸潸出国门。

天津与童茂倩由灵光寺至紫竹林话别时茂倩将之官京曹

十载愁听御茄砧，梦回碧海日初沉。星河淡淡灵光寺，风叶萧萧紫竹林。敢谓挂冠逃世客，还如捧檄慰亲心。明朝便欲扬帆去，一舸鸱夷无处寻。

海上

远山为黛玉为肤，穿耳双垂明月珠。窈窕胡姬才十五，也知调笑霍家奴。

归省吟

九阍绝叫欲何如，去国还堪慰倚闾。母喜不疑添蔬食，儿非制诰堕金鱼。寒泉喷薄朝挥袗，草阁萧疏夜读书。差喜谢庭多逸趣，森森玉树满阶除。

戊戌（一八九八年 光绪二十四年）

月山

朝看月山来，暮看山月出。得月已忘山，岚翠沾衣湿。

效韦体

光阴等过隙，日月奔双轮。去去无停机，万物随飞尘。小园微雨霁，空山芳杜春。谡谡松风古，娟娟花月新。如何今日地，不见昔时人。烹茗延嘉客，割鸡招近邻。绵思屡忧国，直道宁谋身。谁能久郁郁，负此村醪醇。浩歌渔父篇，明月思垂纶。

偶书潜之太史绝句一首示儿辈自续一首

我思阳明十三岁，即愿读书学圣人。爱惜青春儿正好，莫教岁月去流尘。

转眼青春到白头，汗流往圣逐前修，男儿有志谁能料，自待终期第一流。

昔王文成公童了时，其父携至京师，诸贵人见之，谓宜以第一流自待。文成问：『何为第一流？』诸贵人皆曰：『射策甲科为显官。』文成莞尔而笑曰：『恐第一流当为圣贤。』诸贵人乃皆大惭。余从宦辇下十年矣，簿书秧掌，人事纷纭，惧先业之就湮，慨学殖之荒落。今乞假归来，见尔辈颇能立志向学，顾而乐之。案头有余纸，遂书以为勖，兼以志吾之喜乐而塞吾失学之悲。君遂并记。

示侄辈

莫谓功成一篑难，且开萝荜见青山。工夫不尽陈编得，多在鸢飞鱼跃间。
白云三径乐心闲，携尔同登湖上山。鸡犬相闻浑未远，恍疑身不在人间。

读东林传

圣朝不杀士，尼父吊三仁。西市诸君子，东林旧党人。涓涓流碧血，扰扰窜黄巾。未必逢天怒，阴霾黯紫宸。

【按】一本题作哭六君子。

陈子言不告而去追呼莫及作诗简之

寂寂柴门车马稀，闲扶鸠杖看斜晖。白云镇日浑无那，放却空山一鹤飞。
春阴酿雨初放晴，疏柳残烟青一抹。诗人径去呼不应，满径牛羊山响答。
姑射仙人去不还，碧螺翠黛落人间。西窗乍醒羲皇梦，一霎斜阳过远山。

静坐焚香事扫除，独居一室意何如。会须陆贾成新语，莫惜残丛作短书。

简袁蔚延提刑

少日勋名詟四陲，犁庭电扫挈偏师。眼中薪火多忧患，天下安危系梦思。北极阴霾欺日月，草堂风雨望旌旗。君王神武丁多故，好建奇功答圣时。

寄江潜之太史

蘅芷花时酒易醺，鹤鸣鸾啸怅离群。白云无事漫山谷，唤取清风吹赠君。

石砚歌

石斑斑，墨浩浩，濡毫夜起批鳞草。上不以补天，下不以填海。姑以汝为砚，犹胜弃掷空山闷光采。噫吁嘻，呜呼！天有时而堕，海有时而枯，精光耿耿终难渝。万年如瞬一须臾，娲皇精卫今何如！

夜雨

夜半荒鸡喔喔鸣，披衣起舞气纵横。未填苦海怜精卫，暂打愁城仗酒兵。红烛烧残犹堕泪，好花萎谢若无情。梦中不识东华路，犹是长杨听雨声。

子夜读曲十二首寄闲情也兴至辄书了无端绪

天香空中闻，幽梦花前觉。何处是天涯，人在红栏角。

衔蕊蜂堕飞，非关双翅弱。一生食花心，不识花心乐。

夭桃秾李花，婉娈脂凝肉。不怕妒狂蜂，螳螂花底宿。

叶叶绿云垂，花花红雨落。但恐芳时违，那解东风恶。

众香各各殊，空花色色异。只合葬花丛，忍作葬花事。

襄王梦初醒，疑云复疑雨。何处最销魂，朝暮阳台浒。

三五复二九，明月窥窗牖。霜露沾人衣，慎莫凭栏久。

摘花倩依裯，坠露沾裾湿。莫肯负芳心，堕欢难再拾。

愿化衾与簪，夜夜覆横玉。一朝盛暑来，龙须压锦褥。

瑶台风露多，休怨嫦娥妒。月下可重逢，容状难如故。

猗猗兰蕙花，依依风城柳。花开柳絮飞，肠断一携手。

柳絮随风翻，骀荡难自主。临歧欢所言，问郎曾记取。

诗冢

余病诗久矣，近口捡得旧稿，拉杂而摧烧之。令姬人许君男瘗花坞中，筑诗冢云。

曾笑阆仙自祭诗，葬诗今及落花时。年年冢上花争发，重吊诗魂花不知。

寄朱强父武昌

江汉春归一雁闻，索居我亦怅离群。满腔热血凭谁洒，从古兰膏总自焚。泪竭苍梧悲楚泽，心悬北斗睇燕云。书城割据真吾事，心地能收汗马勋。

买骨谁怜燕市骏，怀人忽剖武昌鱼。从知阮氏三言掾，不及刘公一纸书。被玉山中惟短褐，何王门下曳长裾。春流竞逐胥江逝，呜咽寒涛恨有余。

简强父

少逐鹓鸾侣，骑云入帝乡。归心问桑柘，幽梦堕潇湘。先业终难继，君恩未敢忘。欲从渔父去，鼓枻咏沧浪。

姚烈妇挽诗并序

烈妇王氏，合肥王克斋上舍女也。年十九，归同里郡廪生姚延翰，事翁姆以孝称。初，烈妇于归之日，即里中黄贞烈绝粒殉节之日也，烈妇闻而悼之。尝询其夫曰：「贞烈之死何如？」其夫曰：「可谓难矣。」年二十九，夫卒，烈妇亦遂绝粒，誓以身殉。或尼之曰：「非夫志奈何？」烈妇曰：「已心许之矣。」闭目不食数日。或又曰：「得毋虑贫乎？」曰：「穆宗升遐，皇后及部臣皆从死，君臣夫妇，义一也。不然，若毅后之富有四海，又何以死哉？」饿十三日，从容含笑而逝。时光绪二十四年三月二十日也。有司奏闻，旌如例。余善其父，故知之最详。

怆恻辞亲日，从容绝粒时。九原心早许，一死帝知之。世乱思臣节，家贫仗母慈。儒门有风烈，如见古须眉。

姚烈妇挽诗代

愁云黯黯悲风起，琅玡女子殉夫死，天地正气无时无，纲常名教需人扶。君不见苍梧斑竹泪痕紫，曾是湘妃哭帝子；又不见我朝穆宗毅皇后，千秋节烈照青史；只渥灵丹一点心，成仁取义皆如此。烈妇当年初嫁时，贤声谡谡腾乡里。姚氏公子天下才，何图巧索羁龙媒。几生修到鸾凤侣，年年作客不归来。丈夫尽有封侯相，霖雨未苻苍生望。可怜英慰闺中愁，一诏修文返天上。噩耗谁传邗水曲，伤心泪竭吞声哭。石烂海枯志不移，辟谷季女甘长饥。弱质奄奄争一息，讵知饮食为何物。父兮母兮哀莫哀，玉液琼浆进不得。嫠女辉沉风雨多，绝口不食十三日。暂时分手尚悲酸，况乃生人为死别。冰霜烈烈同肝肠，不让西山留片石。阿母已开瑶池宴，云车风马来仙眷。留得人间姓字香，封章夜奏光明殿。九重天子重歔欷，大书深刻旌门楣。三纲五常并九法，光争日月风四夷。盈庭肉食宁知耻，忍污含垢颡有泚。视息偷生终何为，瞬息王侯皆蝼蚁。魂兮魂兮应有知，定生圣哲匡明时，救焚拯溺起疮痍，重整地轴扶天维，不然虚负作男儿。

喜伯福登第作诗简之

密公才调出天潢，记共王孙泣路旁。我似残云归断壑，君如鸣凤在朝阳。敢云官爵如泥土，翻幸科名得栋梁。他日小车更游洛，断容花下醉千场。

王室而今叹式微，小臣无那拂衣归。樽空北海狂名在，社结东林壮志非。老我不才人共弃，如君高义古来稀。双鱼问讯加餐食，日日相思减带围。

扶桑晓日上崆峒，北极朝廷泪眼中。可向燕山问梅福，曾从吴市访梁鸿。谁焚铁券山河约，行见铜驼枳棘丛。答策岂关宗国计，怀沙遗恨古今同。君曾绘怀沙图见示。

和陈亮伯刑部原韵

空山寂历少人行，门外松涛变徵声。且喜轩窗无俗韵，拚将沟壑了吾生。漂摇风雨三春感，珍重音书万里情。回首华胥成影事，梦中关塞最分明。

题马通伯书张武昌先生手札后

鸠杖先生鹤发新，执经亲拂帝京尘。心丧此日含余痛，我亦公超市上人。

步子言见赠原韵

煮石烹泉声飒飒，闲持茗碗试茶经。远山历乱书千卷，瘦竹清寒月一庭。世上浮名如土芥，袖中佳句弃通零。樽前愁绝邻翁语，迸入山阳笛里听。时闻人话朱曼君逸事。

陈诗吾好友，相见即陈诗。彦 屡饱先生馔，惭无幼妇辞。诗 湖烟青一抹，池柳碧千丝。彦 小阁真清绝，西窗落照迟。诗

与子言联句

与子言联句

既不甘虚生，又不能速死；速死胜虚生，虚生胜徒死，生虚生兮死可耻。彦 空山浩浩风吹衣，白云出岫今旋归，梦中忽跨白麟去，齐烟九点光熹微。诗 横流黑海黄尘飞，铁轨潜通西伯里。石破天惊地轴倾，槁木死灰吹不起。彦 重洋巨舰凌长风，电光远烛虚无中。诗 砉然鱼雷海底发，战血流渍波光红。彦 临流欲洒新亭泪，卧榻何年许鼾睡。五洲道路一朝通，夜夜晴空出妖彗。诗 搔首问天天茫茫，徒手焉能歼天狼。空城狐兔白昼窜，走狗烹醢良弓藏。彦 扰攘群夷争角逐，睥睨神州如一粟。诗 土苴圣制竞国威，杀人盈野膺天戮。彦 噫吁嘻！天荆地棘成畏途，东狼西虎环四隅。武陵一舸向何许，桃源世界还有无。诗 柴桑居士晋遗老，出本无心归亦好。却愁遍地炮花开，淋漓战血沾野草。生不能迟死不早。彦 忧心悄悄如蓬葆，精卫难填碧海干，紫芝惆怅商山槁。诗 日图一饱夜一眠，圣人为腹自古然。畏罍但能岁大穰，呼龙瑶岛耕苍烟。彦 山窗长夏开萝径，松

不炼黄金大药成，老人南极寿星明。绥山桃熟三千岁，长在人间作弟兄。

大兄卅六初度作此侑觞

纨素飘零对月园，清风无复洒君前，秋来应共班姬语，不到秋来已弃捐。

自注：此扇爨时非复如此敝敝，亦未见其有扬仁宣郁之用，其弃捐也固宜，而又何怨乎？

扇答

新制齐纨似雪霜，世情旦暮变炎凉。君王待尔驱蝇蚋，忍自孤恩箧笥藏。

偶检箧中破扇戏责以诗

森森虎豹拥天关，却望蓬莱缥缈间。非为山川入吴越，惯听言语识荆蛮。有心葵藿常倾日，无事云霓不出山。遍地枯禾望霖雨，谁鞭沧海蛰龙顽。

病起口号

竹萧萧风雨劲。纵观蠹简三千年，转轴兴亡若明镜。草茅坐论伤如何，盈廷食肉何其多。诗 坐使生民弃涂炭，拖金曳紫冠峨峨。赤手难援天下溺，且作长歌歌代哭，吾将及时返初服。彦

步大兄卅六初度自寿原韵

座上飞花照绮筵，堂前珠履客三千。不将车马朝天阙，且谢簪缨远世缘。藿食颇堪供有道，莱衣常得著彭钱。云龙嘘吸成霖雨，畏垒来兹大有年。

题栈云峡雨日记

蜻蜓洲上路如何，采药神山风雨多。异国人才有如此，吾生怎不愧支那。

简静根方外

未脱尘根劫，难寻采药踪。白云如有意，飞锡度前峰。

山村即事示子言

林空残日堕，村远晚烟齐。云压寒山断，檐欺独树低。年荒饥鹤语，烟暝水禽啼。亦有知音侣，琴樽且共携。

寒夜独吟

夜坐东堂冷，传方问老僧。死生怜妾病，风雪闪窗灯。煮药泥僮仆，敲诗倩友朋。起看寒砚里，积水已成冰。

赠金逸尘

却笑嵇康懒，难医阮籍狂。青年本豪宕，白眼看侯王。旧业有家学，新诗在晚唐。箧中雄剑动，为我惜锋芒。

夜梦伯福短述

白日堕青天，寒山冻暮烟。举杯邀月饮，悬榻抱云眠。珠老丹丘树，桑枯沧海田。飞身无羽翰，有梦到君前。

得大姐书却寄

明月古扬州，清光几处愁。黄河翻浊浪，沧海更横流。便欲骑鲸去，难为跨鹤游。江山风景在，谁释伯仁忧。

寄张季直

君居扶海坨，我住北山楼。洒泪一相别，孤鸿又叫秋。寂寥成独笑，怆恻忆同游。欲问临渊意，持竿下直钩。

冬夜书怀

故人强半拥旌旄，萧飒西风动敝袍。镜里年华须鬓改，枕中江海梦魂劳。登楼犹自悲王桀，钩党微闻捕孔褒。谁遣愁人眠不得，残灯欲死晓鸡号。

题伯福书札后

岁暮百虑积，风雪光景徂。故人寄笔札，謦欬情无殊。孰云道义交，勿恤形迹疏。洛阳一痛哭，讵复悲穷途。足刖三献璞，裘敝十上书。坎坎诵伐木，谁伐不材樗。琪树花不凋，沧海桑已枯。喜君赋归来，独鹤翔云衢。

寄伯福

山川斗明媚，新月耀蛾眉。佳人病未起，药香散帘帷。寒梅堕残萼，凉飙动幽桂。园林雪初霁，众鸟欣相追。忆我同心侣，不得相肩随。所期旷不接，泬寥当语谁。有酒不同酌，无言常独悲。思君情徒伤，徒伤君讵知。

题陈了言藿隐诗草

朝吟北山楼，暮吟北山楼。朝暮寻古人，古人今在不？劝君少吟诗，吟诗多白头。佳句匪易得，知音复难求。岁晏冰雪冱，翛然卧林丘。寒梅发残萼，冷艳风飕飕。独鹤时一闻，众鸟声啾啾。

三十初度自寿

慈母方欣游子归，年年寸草拜春晖。从今省识家园乐，日著莱衣当锦衣。

祀灶诗是日迎春

云英小滴九重天，回首瑶阶路渺然。为说人间多疾苦，绿章持奏玉皇前。时姬人久病。
春到人间第一天，不知天上是何年。一觥腊酒东风熟，便送云车入紫烟。

自题未焚草后

我家栖凤岭，山水恣清奇。刻意成孤往，行吟出小诗。投簪逢圣代，骑竹忆儿时。眉宇今何似，临风问紫芝。

己亥（一八九九年　光绪二十五年）

昼寝

春秋忘蟪蛄，旦暮失蜉蝣。瞢腾大化中，扰扰何时休。余今思古人，古人今在不？出门何所之，累累皆松楸。连蹈东海死，夷老西山幽。身夭形亦灭，形灭心常留。夜夜望北斗，日日登南楼。丈夫七尺身，宁欲为诗囚？饮水聊疗饥，栽花能缔愁。惠然春风来，朽木终何求。惟有黑甜乡，时时爱独游。

与张聚三夜话

六载庐亲墓，惇然至性存。人言君孝友，令我泪潺湲。风雨啼山鬼，豺狼拜墓门。嗟余

覥人面，浼荷圣朝恩。

哭许君男

门户天涯强为持，曾无君肉细君遗。三旬九爨囊无粟，饮水犹能共朔饥。

君去悲君悲莫悲，悲君共我在京时。相如四壁刘伶屋，日日临风唱我诗。

葬许君男北山楼畔

嚖星暗河汉，素月落丘樊。送子归幽穴，流萤照寝门。草虫哭灯死，风雨吊花魂。谁共

茅山隐，牛衣有泪痕。

自君男冢独行归家口占

雨后空山罩晚霞，飞琼西去载云车。天教烈士悲长剑，谁遣诗人哭落花。岂有忧能埋地

下，须知恨不在天涯。料应莫补离天缺，炼石何须问女娲。

夜梦许君男短述

蹉跎人世自堪哀，青鸟音书几日回。仅有断钗留茝箧，不知何路向泉台。因缘难卜他生见，魂魄犹从梦里来。激水流光本如电，争教红粉不成灰。用香山句。

送人入都

江城入笛罢，沧海一帆悬。送子金〔京〕华去，乘风直到天。淮南剩鸡犬，辽海又烽烟。岛屿惊涛阔，关河杀气缠。忧时空自尔，报国几人焉。揽辔伤歧路，空山寄一廛。含愁成远别，把臂定何年。良马应空冀，骊龙肯伏渊。陆机终入洛，乐毅且游燕。斯世方多事，明时正渴贤。黄金台下路，去去莫流连。

挽孙敬亭茂才

郁郁不得志，彭铿亦天年。遗书报知己，无路访重泉。水覆终难拾，荷枯不在妍。神伤吴季子，有剑也徒悬。

洛下

广髻翩翩洛下姝，花晨月夕几曾疏。一从去作江南客，更听何人说小吴。宋吴激字彦高，时人有呼之小吴者。及见其词笔，众皆惊倒。

和王谦斋丈见赠韵

欲使茫茫恨易平，春江变酒与公倾。佯狂玩世已头白，卓荦观书犹眼明。倘向山中寻父执，定从床下拜先生。上书自笑终狂瞽，诗史还劳记姓名。

携世清晚眺

海天无际鸟飞还，小隐丘园得暂闲。携取谢家几两屐，更邀明月上东山。

晓过大凹山白云满路未见有山也仰视突兀云际大石欲坠始知身在山中真奇境也

常恐好诗山不识，诗心山色共争奇。谁知路绝云深处，犹有好山诗不知。

去国待明发，笼鞭侧帽檐。径幽穿石罅，云破度山尖。犬吠知村落，风高飐酒帘。桃源应未远，茅屋在西崦。

渡汉江谒郑太夷先生

滔滔江汉去何之，太息人生亦有涯。饮水渐能消病渴，餐霞聊得忘朝饥。壮心偶作辞官表，枵腹空吟乞食诗。纵有主人谐此意，并无冥报以相遗。

题周彦升广文诗卷

梁国宾客今余几？白雪吟成调更高。莫道南华非僻典，就中坐窘令狐绹。

【按】此诗据平等阁诗话辑录

送沈子封太史入都兼问伯福近状

黄鹤楼头云欲散，晴川阁上月初明。沧波送客浑无际，秋雨留人似有晴。多累已知身是赘，虚生宁问死无名。西风落叶长安道，倘遇唐衢为寄声。

赠沈子培部郎

铁舰横飞黑海尘，不知何地著吟身。还山已坠先人志，去国仍孤圣主恩。燕市相逢曾共社，楚江邂逅又为邻。千秋事业须臾耳，门巷经过莫厌频。

避人

入市原知面可憎，避人聊就小窗灯。矫时嫚物吾何敢，枉已干人病未能。宦况从来清似水，壮心渐觉冷如冰。行吟莫便伤流滞，如此清闲得未曾。

陋巷

闭门无处不深山，且作箪瓢陋巷看。岂为地偏心始远，市朝原自有袁安。

南皮尚书驺从见过

忽枉鸣驺近薜萝，暂令委巷辍吟哦。天边芳信传青鸟，江上秋山损翠蛾。且著闲情看落叶，难将幽恨托微波。庭前衰草堪罗雀，珍重尚书韨履过。

和伯福太史见寄韵

浪迹江湖梦未安，又萦离思入毫端。罪言只觉忧时切，孤愤谁知报国难。藿食山中差可饱，荷衣江上不胜寒。男儿漂泊寻常事，多谢鱼书墨未干。

寄怀伯福再叠前韵

谁为苍生起谢安，几人吏隐在朝端。穷途渐觉知心少，望阙深愁会面难。太液芙蓉宵露重，御街杨柳晓风寒。遥思玉佩趋金殿，亲捧天书墨未干。

同周彦升广文渡汉江

蛾眉见嫉已堪哀，骏骨成灰复被猜。短棹空横秋水阔，夕阳还抱远山来。美人结束思临镜，贫女梳妆耻自媒。莫怪江流萦九曲，愁肠宛转日千回。

前席

劳生催短景，门巷昼阴阴。香草纷姱节，灵修黯素襟。烹泉然楚竹，鼓瑟叩湘灵。前席何劳问，神州渐陆沉。

饮酒

屈宋留辞赋，杨朱泣路歧。荒唐思楚梦，窈窕望云旗。江汉春归早，潇湘雁到迟。眼看人尽醉，安用独醒为。

寓慨

可之骂僮志，退之送穷文。送穷穷不去，骂僮僮不闻。

握手展殷勤，一朝偶失势。莫怪客意殊，风云自沉滞。

流水终不腐，民生贵在勤。吾曹独何为，膏兰徒自焚。

集句

青天漫漫覆长路，一纸短书无寄处。欲问平安无使来，乃知贫贱别更苦。四时天气总愁人，秋月春风等闲度。忧患众兮欢乐鲜，朱颜日夜不如故。嗟余此去其从谁，万里苍苍烟水暮。构云有高营，只见石与土。俯视大江奔，幽愤得一吐。我欲凌风翔，转上青天去。当面输心背面笑，翻手作云覆手雨。烟消日出不见人，至竟江山谁是主？

读陈白遗诗集遂和其论诗原韵

客邸镇无聊，向人借书看。游兴久已阑，吟侣亦渐罕。暮携陈子诗，兀兀诵至旦。珠玉随风翻，咳唾落天半，咏怀追步兵，嗜酒过中散。云梦偶相值，江湖游汗漫。师门君所思，世途吾已惮。虽有鸿羽仪，不及羊头烂。泽畔放臣吟，楼头思妇叹。词妥极艰辛，语妙益凄惋。始觉涪翁豪，不逊临川锻。吾师擅风雅，薪传火未断。救衰虽已迟，振靡或未晏。谁为压卷篇，有人唱之涣。

【按】此诗据陈衍石遗室诗话卷八辑录。

答石遗

鲰生百不肖，惟哭肖吾师。哭肖诗不肖，吾师夙知之。

【按】此诗据陈衍石遗室诗话卷八辑录。

不才

明主何曾弃不才，浩然欲去复徘徊。上书北阙心犹壮，去国南冠事可哀。载酒且过江总宅，披衣更上伯牙台。尚书门下多英彦，枉荷飞书到草莱。

雨后

江城九月昼常阴，山馆秋高倚醉吟。翠竹斓斑弹楚泪，云旗窈窕迓湘灵。漏天不补娲皇石，填海难忘精卫心。欲上高楼更惆怅，沧波东泻日西沉。

拟还京朝寄呈诸曹长

已抛簪笏避尘嚣，又逐夔龙仕圣朝。去日河山增眷恋，来时风雨感漂摇。吞将云梦波千顷，折尽江潭柳万条。重听早莺趋玉陛，江淹何必黯魂销。

苻娄以诗贾祸因责余为戎首罚作诗解之

我爱嘉兴沈部郎，弟兄云锦烂千章。未饶诸葛称龙虎，翻用孤雏吓凤皇。云梦芥胸亦何有，夜光按剑定无妨。明朝羯鼓相从醉，正有唐宫解秽方。

读周彦升朝鲜乐府书后

兴亡毕竟属男儿，贱妾何关国事为。从古诗人枉饶舌，总将倾国罪蛾眉。

岁暮同大姐赴申江至润州客舍作

萤苑花开岁欲阑，又携书卷客江干。远山负雪参差见，积水搏空一道宽。逆旅微吟同骨肉，乡书遥寄问平安。无劳津吏知名姓，避世仍歌行路难。

游金山寺

梵王宫殿昼沉沉，偶舁篮舆试一临。学士风流遗玉带，劳人幽憩浣尘襟。共知鸾辂巡行地，谁识皇家造士心。高阁文澜何处所，只闻冻雀噪珠林。

庚子（一九〇〇年 光绪二十六年）

江南

杏花零落柳毵毵，独倚危栏望碧潭。春到江南肠已断，况无春色到江南。

有忆

年时曾谒顺阳公，一阕新词换小红。记得吴淞江上路，吹箫相伴过垂虹。

陈诗案：此乃感逝之作。先生姬人许碧男，乃顺德李若农侍郎之婢，故诗语云然。

沪上送丁叔雅户部归岭南

目尽寥天一鹤归，客中送客倍依依。神州多故交游尽，沧海横流国事非。梅福上书愁未达，朱云请剑愿空违。翠华近有蒙尘恸，何日回銮望六飞。

三迭伯福见寄韵却寄

一揩泪眼望长安，兀兀无言恨万端。词客哀时怨迟暮，高皇创业本艰难。宵深月黑关门迥，陇上秋高辇路寒。欲挽六龙迴玉辂，山河碧血那曾干。

感事

醇醪易换黄金貂，扫辙深居避市嚣。鲁史未闻诛两观，虞廷终见窜三苗。烽烟西北忧方炽，财赋东南力已凋。一望长安愁日远，幽囚犹复困神尧。

酬山根立庵见怀之作

新知近得山根子，投我一诗抵万金。落木有声天漠漠，愁云如梦昼阴阴。每思王室空流涕，谁分中郎是赏音。他日青丘采灵药，闲云何处许相寻。

感事

阵云无际莽萧森，海水横飞接地阴。险厄卢龙空北望，愁闻胡马已南侵。蓟门烽火留宫阙，秦陇山河阅古今。千里涂膏问谁致，夕阳无语欲西沉。

哭伯福学士

四溟烽火逼神京，谁遣潢池盗弄兵。北地岂惭朝烈祖，西京顿觉失长城。成仁未竟平生志，背义终伤后死情。甲午之役，约城破同死，今君竟践言矣。余以丁酉罢归，殊觉负君地下也。我欲招魂歌楚些，天涯霜雪泪缘缨。

辛丑（一九〇一年 光绪二十七年）

支那有一士

支那有一士，岌迹居越东。抗志稀纯素，笃性秉渊冲。意旷九州外，神游三代中。如伤惓心目，无告哀残癃。一夫苟不获，丛疚在厥躬。陈词就重华，问道访崆峒。著书累万言，吾道未终穷。哲人不偶世，至论无污隆。岂惟跻小康，将以致大同。挟策献太平，畴能识王通。抱玉贵善藏，活国徯良工。感子他山意，错石资磨砻。已矣吾何悲，矫首咨鸿濛。

右赠宋平子

支那有一士，戢影居越西。结念抱冰雪，宅心高虹霓。慷慨怀前修，恻怆悲群黎。邱索与典坟，一一穷探稽。种界析狼鹿，政教疏羌氐。独永泰皇祚，屡忤末俗诋。畸士自蹄跑，良马空跌蹶。始知间代才，动与世相暌。澄澄之江波，晓日鸣天鸡。嶷嶷天台山，仰止难攀跻。贱子奋孤心，逆鳞尝独批。荃莫察中情，信谗反怒挤。邪枉固不容，悻直终见挤。三月何皇皇，两马犹栖栖。怀哉虞重华，风雨闻弗迷。宣尼未忘鲁，子舆思王齐。已而复已而，且俟圣人兮。

右赠章太炎

过孙仲屿工部忘山庐有赠

春风扇江海，皎日悬空虚。索居意不适，言访忘山庐。藉问主人谁？宝瑄字仲屿。见道已忘山，见君亦忘予。莫指鹿为马，焉知子非鱼。从君一日游，胜读十年书。庄叟齐得丧，尼父谁毁誉。习静慕禅悦，治经乃菑畬。嘉禾茁九穗，非种固必除。幽兰生当门，佳士肯见锄。身脱尘网中，手拨秦灰余。修竹矗轩簃，清流绕林渠。稽古异桓荣，下帷同仲舒。庭有好事客，门少卿相舆。始知天爵贵，何啻专城居。坦怀乐疏放，末俗恒龃龉。乃叹世路险，合辙难造车。沧海变为田，宫阙莽成墟。万物类刍狗，大梦终蘧蘧。相逢淡忘归，久立空踌躕。

赠结城治璞

日出扶桑东复东，车书震旦古今同。尝闻八索九邱外，多在十洲三岛中。活国料君应有术，移山愧我已无功。偶来小病维摩诘，蜡屐何缘蹑谢公。

叹逝

乍向莽苍开泪眼，更凭芳郭吊孤忠。江关词客凋零尽，一样伤心事不同。

寄高梦旦

滔滔汉水夕阳斜，江表依刘亦自嗟。博浪恨无椎一击，渔阳今见鼓三挝。才人献赋凭鹦鹉，下士循声逐黾蛙。弹铗归来肯留恋，武昌鱼好莫轻叉。

送人归余杭

窅然天地闭，吾道属斯人。暂税尘中驾，潜歌物外身。长沙矜汉策，彭泽话逃秦。眼底皆余子，凭谁康世屯。

冒鹤亭属题巢民先生菊饮诗卷用卷中原韵二首

逃名淮海似投荒，惆怅东皋旧草堂。蝣蟪光明闲里过，屠沽风味客中尝。沅兰湘芷思公子，纵酒酣歌类古狂。人世宛然同一梦，独惊栖泊在他乡。

水绘灵鹣墨尚新，百年遗事了如尘。风流定尔推前辈，身世还堪感后人。见说挥金长结客，最难委巷老耽贫。甘陵党部多才俊，邻笛山阳迹未陈。

壬寅（一九〇二年　光绪二十八年）

题顾石公修禊卷

闻道次公醒亦狂，况公专以醉为乡。纵教弱水都成酒，沧海而今已种桑。

隔年两度逢君面，跌荡黄垆赌酒杯。客里匆匆过上呼，何李上歌台。

哭吴孟班女士

支那黯淡四千载，身世艰虞十九年。他日文明兴女学，买丝先为绣婵娟。

剧怜病榻弥留际，遥念扶桑负笈人。谓丘公恪 我愧秣陵书未报，伤情何减大雷亲。

陈诗注：按吴孟班女士，湖州人。能文，善畴人术，为元和丘公恪秀才配室。公恪父某，曾为神户领事，至公恪贫矣。负才倜傥，善骈文。值新学萌芽，鬻藏书负笈扶桑，闻孟班卒，遂忧伤呕血，死甫绮岁，可慨也。

酬日本中岛君

散发江湖今六载，故人京洛断知闻。妙音泠然落天际，似子犹堪张吾军。千岩万壑望霖雨，极浦高林足暮云。苦忆西山旧时月，清光何处却逢君。

江上

江上扁舟逝复还，愁心恻恻绕钟山。儿时游钓谁还记，强半销沉在此间。

除夕

人事早同苍狗变，光阴虚遣白驹过。此身此世已如尔，明日明年当奈何。

除夕怀陈子言却寄

一从君北去，遂上秣陵船。作客岁方晏，怀人夜废眠。移家仍逆旅，带病入新年。不尽劳生感，孤吟夜悄然。

癸卯（一九〇三年 光绪二十九年）

元旦试笔示二女弱男亚男

比干剖心死，龙逢丧其元。行谊虽则美，肢体究不完。而父师孟轲，上书尝责难。获全其首领，沈忧摧肺肝。女勿学而父，而父徒空言。西方有美女，贞德与罗兰。

钟山

闲愁万缕肠如结，近世嚣声郁不开。只有钟山解人意，客中日日送青来。

简陈伯严吏部次门存韵

扫辙深居日闭门，栖鸦流水傍江村。寥天已惜鹓鸾逝，危幕徒憎燕雀喧。荐士旷怀六一老，投诗长吊汨罗魂。萧条委巷难旋马，多感元龙枉过存。

简陈伯弢大令迭前韵

夜雨潇潇一叩门，数椽老屋似荒村。且从佛法随缘住，那得桃源避世喧。傲吏久醒胡蝶梦，空山犹泣杜鹃魂。毁车杀马怜同甫，无那相逢一笑存。

周河厅

柳营宾从散如烟，厅事于今尚宛然。余幼时随侍先公赁居于此。隔岸箫声增客感，入门山色为谁妍。扫眉故事怜才子，此宅相传为季香君媚香楼故址。载酒方春泊画船。万海千桑人不识，清游如梦总堪怜。

舟次丹徒示甥女刘仪芳

风起江波头渐白，可知而舅亦成翁。江山竟自归辽鹤，矰缴何为弋塞鸿。堕溷飘茵聊复尔，焚和弃智欲逃空。不须更到诸天外，已觉浮生似梦中。

留别沪上友人

小别清尊意枉然，箫声吴市几经年。泾桥月满潮初涨，又趁春江上水船。

偶书

著书底用藏名山，千秋事业殊等闲。眼前突兀见钟阜，使我枯坐凋心颜。

寄子言榆关

君苦离群我索居，故人何惜寄双鱼。家如悬磬炊将绝，门可张罗客到疏。漆室悲吟空怅望，草堂消息近何如。愁深莫谓诗虽好，赖有雕虫遣壮夫。

题吴彬士小像

缘蓑青笠把鱼竿，一片风帆烟水间。终是直钩无所获，不如归去抱空山。

游吴园在金陵

秋来一雨洗吴天，雨后林峦分外妍。莫对主人歌逼仄，扁舟诗思浩无边。

赠濮青士

瑟瑟西风白下门，萧萧黄叶雨中村。惊闻海上鼋鼍驾，渐觉云中鸡犬喧。避地已同秦逐客，投诗曾吊楚冤魂。华胥旧梦凭谁续，朝士贞元几辈存。

甲辰（一九〇四年 光绪三十六年）

得叔雅书却寄

五噫歌罢觉春寒，小隐荒江愧伯鸾。庑下只今无一粟，还劳书札劝加餐。

偶书示姬人王威子

春云如梦雨如烟，陵谷而今几变迁。多少闲愁消未得，那堪重忆虎儿年。亡儿名之虎，姬所出也。

赠谢文漪女史

吴市酣歌春复春，也曾消受远山颦。清辉安得如明月，长照花前载酒人。

酬剑门病侠 病侠，常熟庞蘖子也。

诗中骁将剑门侠，谱得新词意气豪。海内有人知仲子，长城凝望月轮高。

万骨灰飞想战尘，龙拿虎掷气难驯。吋日俄战于东三省境内。男儿报国真成谓，犹是人间一幸民。

稼轩同甫今异物，信觉人生知已难。把臂相逢定何日，银杯东海莫辞干。

海上逢寄禅上人

道人本无住，飞锡下天童。独棹三湘晚，狂歌七泽中。自留文字障，不堕绮罗丛。邂逅亡言说，诗成问远公。

题西江遗滭卷陈右铭中丞诗，寄禅上人藏。

安石谈玄遻支遁，退之谪居招大颠。道人忽作西台哭，尘尘浊世今何年。

戏赠叔雅

上击苍穹下九幽，南溟北极恣周游。天池未许振鸾翮，两鸟各捉一处囚。

九月五日泥饮大醉因次穗卿后黄垆见赠韵

小官粥粥辽东豕，大官吓吓黔之驴。两鸟悲鸣两鬼叱，那恤世议腾揶揄。醉乡菅腾已深入，顿失愁苦穷熙娱。祁门解人世有几，欲迴碧落归黄垆。醒狂醉骂聊复尔，有酒不饮心何居。始知万物类刍狗，一壶已破千歔欷。君如洪钟发巨响，我振螳臂思当车。于今且莫论皇难，蔑弃礼乐焚诗书。百年尔我亦俄顷，乾坤毁后皆为虚。不须出处问虎鼠，底用真幻诹龙猪。圣人满街吾不识，纷纷籍籍咸有图。模糊醉眼看人世，笑则弥勒悲文殊。已矣哉！尘尘万古不可接，九州六合亦有如是之酒徒。

简穗卿

天寒闾巷断经过，清夜如闻劳者歌。成佛生天皆妄念，攒眉苦眼为谁何。阳瘖非复危时计，强聒终虞末世诃。不是酒星长照眼，浇愁谁共醉颜酡。

后黄卢谣寄寄公

口莫学嗣宗，有言常自吞。手欲学朱云，有剑莫余扪。房杜魏姚骨已朽，贯休苦调今犹存。酒卢叫呼日复日，冢中惊起刘伶魂。

次伯严九江舟中见寄韵

我已无言类楚囚，羡君诗思满归舟。狂耽白堕湔尘梦，独倚黄花惜剩秋。几辈心期存故国，聊从物外觅真游。空江日落愁何极，芦荻萧萧亦白头。

得陈定山浏书却寄

小别修门八载强，斜街花事枉回肠。闲吟送日真成懒，短褐谋身讵未臧。殿陛辞诙方朔隐，燕云梦冷吕安亡，谓伯福。江湖岁晚谁存问，雁阵横天墨数行。

书感

忧来惜往复伤今，岁晚江湖慨独深。射虎久思随李广，杀人何必借曾参。可堪更铸九州铁，况尔徒摸校尉金。欲过新丰谋一醉，酒痕狼藉旧题襟。

闻啸桐来自京师拟从问伯福遗稿而病未能也先以一诗简之

使君心事在杭州，曾佐戎机岭峤游。方喜鸿文能怖鳄，又闻花县迓鸣驺。孤孀存问经三辅，涕泗从知堕九幽。见说故人遗稿在，可堪先许茂陵求。

再答定山

目穷沧海雁书迟，薄暮林园信所之。愁病足拼斯世了，襟期唯许故人知。每因避俗恒遭骂，翻怪偷闲懒作诗。谁岂不知荣路好，褊心孤寂总乖时。

赠申叔

滔天谁挽海澜迴，倦眼摩挲未忍开。满地江湖归短褐，乱思文字拨寒灰。麒麟岂是人间物，鹦鹉曾传绝世才。幸有足音到空谷，可容抵掌坐莓台。

漫兴

枝言缪旨谢世流，独运神京辟险幽。纵学荆公不能到，也应不失海藏楼。

和狄楚青感事韵

啄残朱果叶成阴，帘影重重午梦沉。一自云旗王母下，恨烟颦雨到如今。

哭范无错

垂死病中一相见，澹冲伤性了残生。肺肝早分忧时裂，涕泗从知哭野倾。袖有文章能活国，目存江海独伤情。廿年爱我如昆弟，竟使枯桐不再鸣。

长至后七日叔雅楚青诸君子有消寒之集作诗谢之

天寒晷短隔城闉，恶客那容汙圣人。特恐消寒寒更甚，故应乞取自由身。自由身见陈白沙诗。

腊八日消寒第四集余方病酒未与会依韵答之

豪饮能令海水干，每因多病失追欢。耽奇已分输公等，愁里光阴过小寒。

乙巳（一九〇五年　光绪三十一年）

玄海滩乙巳二月游日本作

万顷云涛玄海滩，天风浩荡白鸥闲。舟人那识伤心地，遥指前程是马关。

晓望富士积雪

富士郁岧峣，经年雪不消。阳精回晓色，脂沁玉颜娇。

归舟松平康国询及挚父京卿因赋一绝答之

材木寻常伐作薪，可怜骏骨已成尘。谁知君子东方国，还为吾宗惜此人。

乙巳八月将去沪作

被发佯狂空尔为，此生此世亦堪悲。明朝无那金门去，如此江湖却付谁。

津桥

寻思东海扬尘日，愁说胥江有怒潮。风雪漫天驴背稳，独披风帽上津桥。

阅平等阁诗话录余巳亥客鄂中题奥簃集一绝并引苻娄道希戏书断句江湖浪走今道希巳归道山溯念前游恍如梦寝因书一绝于后

汉上题襟事已徂，江湖岁晚渺愁予。南华误却方城尉，敢道南华是僻书。

丙午（一九〇六年　光绪三十二年）

和定山杂诗

移家仍梗泛，近市息歊烦。陶令犹耽酒，於陵且灌园。人才未消乏，世事转艰屯。无限忧时意，端居独闭门。

偶书

从来赤舌可烧城，谁与排愁仗酒兵。一觉十年还自笑，只将重谤博微名。

寄炎儿江户

书来犹是隔重溟，惹得旁人说宁馨。客里光阴愁晼晚，天涯儿女各零丁。千金敝帚差堪念，一曲劳歌只自听。今夜月明谁和者，空余幽梦堕蜻蜓。蜻蜓，洲名。

偶书

香云爱写香光帖，威子闲临宝子碑。独有老夫无一事，拥炉常诵故人诗。香云、威子，姬人彭嫣、王姹字也。

【按】此诗据庐江诗隽卷下辑录。

哀陈子修于勤

海上曾来见，怜君正盛年。轻身探虎穴，履险入骊渊。不死原天相，论功奈命邅。函书挥泪墨，凄绝乃兄贤。谓子言。

题范无错诗集

通州大范吾尤昵，肮脏江湖二十年。身后声名终寂寞，文章憎命世空传。

戊申（一九〇八年 光绪三十四年）

戊申秋重至沪访疆村词客不遇赋此奉怀

历落嵚崎老半唐，上疆村畔话灵光。重来不见词人宅，轻篷题诗忆侍郎。

读十月廿一廿二哀诏志恸二首

浩浩尘霾黯九阍，联翩哀诏失惊魂。天崩可待娲皇补，月蚀宁堪羿妇奔。蜀道啼鹃思望帝，桥山遗剑纪轩辕。铁函畴为留心史，泪竭苍梧未敢言。

千金市骏筑高台，爱士燕昭始郭隗。求治翻成钩党狱，湿薪竟作不然灰。每思往事悲明主，从此中原失霸才。怅望鼎湖龙去后，攀髯无分可胜哀。

庚戌（一九〇九年 宣统元年）

伯严约游半山寺

争墩人已去，晴日恣幽寻。溅溅泉声细，悠悠塔影沉。掉头遗浊世，把臂入深林。与子沉吟久，愁思恐不任。

伯严招同游鸡鸣寺

夕阳衰草古城隅，废堞遥连玄武湖。钟阜云开见残雪，僧寮树秃有啼乌。凭栏茗话春犹寂，如子文章世已无。扫辙深居断车马，能过委巷喜相呼。

和项城太保春雪韵

野径残花寂历开，曾携屐齿印苍苔。袁安高卧人间世，陶令一官归去来。往事沉沉浑若梦，相思寸寸总成灰。春风三月燕山道，笛里犹闻唱落梅。

鹤柴自沪木庵自津至京主北山楼夜饮三人联字成诗古有此例偶踵为之聊破岑寂云尔宣统庚戌九月二十日

残夜凝寒酒一卮，灯前重与说相思。可堪薄醉微吟后，已是沉沉漏尽时。

余曩游海王村曾见唐人写经卷惊为瑰宝今敦煌发壁所出甚多同人各得一卷以相夸示庚戌晚秋重遇若海于京师出金光明经大吉祥天女品卷徵题因感而赋此

遗经发壁出羌浑，天女拈花谒世尊。惜往伤今忽惆怅，廿年彳亍海王村。

和项城太保感事原均

汝阳一老世非无，洛社流风翊庙谟。点点疏星横塞雁，依依边月照关榆。曾劳至计安宗社，坐味连横失霸图。江左夷吾能再出，伫看逸足骋天衢。

编年未详

海上

雪浪嵯峨万里秋，沧瀛一望不胜愁。谁家歌管声喧吸，辛苦行人忆旧游。

【按】此诗据吴芹近代名人诗选辑补，写作时间约为一九〇五年左右。

怀人诗

羁迹逆旅，北风凄其。岁暮怀人，百感交集。眷山河以哀咳，复抚膺于逝者。作怀人诗。

章氏文章何若？价重梨洲衡阳。亶使非种锄去，畏垒来兹大穰。太炎

江都天人三策，太平十二王通。勿谓卮言无当，终见九洲大同。明夷

叹长夜兮漫漫，况来日之大难。耻并腥膻民族，裂此涂炭衣冠。子民

道不同而为友，古有申胥伍胥。竟作怀沙屈子，犹愈亡国大夫。天囚

我所思饮冰子，一水兼葭千里。子无谓秦无人，独不见噶苏士？任公

笔，发喜难窥大梵心。会得言情头已白，[illegible]相见久沉吟。

【按】以上两首诗，均据梁启超饮冰室诗话辑补。写作时间约为一九〇四年前后。

万书堆里垂垂老，悔向人来说古今。薄病最宜残烛下，暮云应作九州阴。旁行幸有娄迦

题迦因传

时诵卷中佳句，幽忧为疾难禁。诗人而为边帅，房琯复见于今。无闷

惊才不可一世，呜呼其人已亡。空向黄垆感旧，可怜邻笛山阳。曼倩

人言病夫老大，我见支那少年。东方卢梭有儿，申叔夫子最贤。申叔

北山楼词

木兰花慢

悼亡姬许君男

渐韶光婉晚，拥恨怕上西楼。纵云锦千章，琅玕万管，难写心愁。可奈好花落去，只黄莺百啭在枝头。帘外青山扫黛，意中人去难留。　无情岁月悠悠，问泪落怎生收。凭画栏往往抬头，举目都是松楸。吴江也能剪断，但剪刀何处买并州。天上飞光劝我，万愁付与东流。

长相思

生别离，死别离，见面何如不见宜。伤心人不知。　惜花枝，折花枝，莫待无花空折枝。花开能几时。

祝英台近

伤春

杏花村，桃叶渡，渺渺思南浦。别绪离情，飘泊同飞絮。争禁稚柳娇黄，漫天风雨，不道便从春归去。　送春去，问对如此江山，何处觅归路？梦遍天涯，剩得愁如许。纵教啼尽斜阳，老鸦声苦，也春去茫茫不顾。

绿意

代简寄扬州

乍圆又缺，恰良宵三五，盈盈明月。鄂渚寻秋，水远波平，难展乡愁千结。汉皋不解当年佩，剩翠竹斑斑，啼血风烟，惨入羁心，又到黄花时节。　回首当时旧梦，更何处觅得桃根桃叶。报道淮南，桂树丛生，遥傍广寒宫阙。天香易惹嫦娥妒，肯付与吴刚轻折？且待看水镜园灵，貌取冰姿皎洁。

尉迟杯

题孙师郑铨部先德子潇先生双红豆图

江南路，正绿遍、万树垂杨缕。愔愔嚼蕊吹花，清绝蘼芜庭宇。单衣伫立，问秀靥、孤䂂隔何许。羡才人、老去填词，生绡题遍名字。　应念历劫云烟，偏画绢诗龛，锦段如故。淡墨词痕无处涴，日抱向、江湖来去。如今对、残山剩水，觅谁语、熏香独自抚。有何人，一例心情，剪灯珍重题句。

蝶恋花

小院落红初过雨。门掩屏山，才可喁喁语。密意愔愔成间阻，帘前恨煞红鹦鹉。　燕自呢喃花自舞。占断年光，便把芳游误。淡月疏星双掌路，那堪忍泪斑骓去。

【按】右尉迟杯、蝶恋花二词，据叶恭绰全清词抄辑补。

北山楼文

瘗鸜鹆铭并引

客有遗鸜鹆者，畜之有年，驯扰而慧，岁在壬午，奄然物化，长厘于怀也，既瘗用铭

鸜之鹆之，能言善辞。谁剔其舌，而成其机。春庭秋宇，是因是依。辄有好语，浴初飧时。云胡化去，雨绝烟离。聪明不祥，既诒余知。寂寂文槛，冥冥轩墀。我仿瘗鹤，铭以寓思。

上本部堂官说帖丙申

贵州司主稿帮办现审山东司主事吴保初谨献书于司寇大人座下：盖闻天下之治乱，由于风俗之隆汙；风俗之隆汙，觇诸人伦之厚薄，故先王之世，司徒敷五教于天下，其有不顺于五教者，司寇从而刑之，所以厚人伦、端风化也。窃观本司承审直隶藩司裕长、福州将军裕禄、都察院左都御史裕德呈送其故堂弟已革理藩院员外郎裕善之妾董氏及其幼子如格来历不明挟辞讹诈一案，司员随同听审，已经半月，研究前后供词，据裕董氏供该氏纳娶年月及生子年月，为裕善之子，确无可疑。裕善逃后，久仰诸兄赡恤。所控该氏讹诈之言，自属虚砌。乃藩司裕长等，既挟其权势以凌孤寡，而其家丁张福又

挟其主之权势，以抗问官。自承审以来，该家丁每次上堂，语出不逊，信口顶撞，至斥司员等一味姑容，不肯刑求；又请将伊收监传讯，伊主肆行挟制。据该家丁称，裕善在日，既与伊主为仇雠，亦不能怨伊主此番为过。刻查例载，非犯娼盗，不消除子孙旗档。今裕善所犯系属债务，尚非寡廉鲜耻，其逾限不回，例止本身消除旗档，与并子孙销档之例不同，岂容以手足之小怨，乱朝廷之大法？昔马援奉嫂，汜毓字孤，传为美谈，流风异世。今藩司裕长等，以朝廷大员欺寡凌弱，异薛包之前规，蹈刘整之故智，欺弱弟于死后，索遗孤于孑余，使少妇痛哭于公堂，亡魂抱恨于泉下。人之无情，一至于此！司员随听既久，积不能平。窃谓该藩司等与裕董氏论势则强弱悬殊，论理则曲直有在，该藩司等敢于挟势凌侮孤孀，岂惟视本部若无人，直视朝廷为无法。此案若惧势而迁移，权贵将愈横而得计。恭维大人贞固不摇，为国司直，际此时事多艰，必应维持风化，以为国家郅治之基。辄敢贡厥端倪，上渎聪听，无任主臣！

再风闻裕善之父，为裕长之父守城殉难，裕长族中有世袭公爵，此番呈控，系因争爵起见。由前之说，裕长等忘祖父友于之笃，是谓无良；由后之说，裕长等持权争袭，是谓无耻。查该族坟墓地图，裕善确系宗子，人之多言，非无因矣。今该藩司等呈称，如董氏自寻死路，莫怪其以势凌人，威逼致死云云。按董氏与该藩司等纷争，系因伊夫不入兆域，伊子不入旗籍起见，若使死者有归，生者有属，该氏谅无异词，即使该氏复往寻闹，不妨再行呈控，何至威逼致死？今该藩司等擅威恃势，固不待其寻死，早有将该氏致死之心，此等心术，见诸公牍，并请本司立案，实属骇人听闻。司员愚见所及，并用陈闻。谨拟稿如左：

查例载，内外现任文武官员，负罪潜逃，一经拿获，军流以下，无论本罪轻重，俱改绞候。又例载，旗氏发遣人犯，非特旨佥妻者，不得一概管束，本犯身故后，愿携骸回归者，即准回归。力不能来，日后力能回归，仍听其便。又同治五年本部奏定章程，旗人消档，原犯仅止消除本身户籍者，所生子女，仍以旗人论。又户部则例载，消除旗档，发往新疆，复经释回之人，如在新疆娶妻，生有子女，携带来京，准其一体入档。又律载，断罪无正条，引律比附定拟各等语。此案裕善系理藩院候补员外郎，于光绪八年，因欠债逃走，逾限不回，经该旗奏请革职消档，该犯带同伊妾董氏在逃，于十三年间生子如格，在固安县马庄地方改名行医。裕善于二十一年身死，董氏将该犯骸柩浮厝庙内，携子来京，求其再从堂兄裕长等将裕善骸柩安置，并收养伊母子，令伊子归宗入旗。裕长等将其呈送官厅，解经提督衙门咨送到部。现经裕长等认明，董氏实系裕善之妾，所携幼孩实系裕善之子，该宅情愿帮给埋葬银两，并按月给与养赡银两。惟查裕善之子，虽系在逃所生，遍查律例，并无作何办理明文，亦无办过成案。职等查官员在逃被获，向来办理成案，候补比照实任减一等。裕善系候补员外郎，所得逃罪，若现今被获，实任绞候上减一等，拟以满流。满流之罪，比照遣犯办理，尚不失情法之平。裕善死后，所遗骸柩家口，应比照发遣人犯，本犯身故后，愿携骸回归者，即准回归；力不能来，日后力能回归。仍听其便例，准其携骸回归。裕善之子如格，应遵同治五年本部奏准通行章程，比照户部则例，消除旗档，发往新疆后经释回之人，如在新疆娶妻生有子女携带来京，准其一体入档例，准其一体入档。

上孙尚书书

两蒙高轩枉过，有失迎迓，罪甚罪甚！昔曹植有言「干时求进者，道家之明忌」；「自炫自媒者，士女之丑行。」是以有道之士，笃行之人，类皆槁饿空山，穷经皓首，行不彰于世，名不挂于朝；而崇高之位，清要之班，胥儒贱士乃干明忌冒丑行而得之。彼干冒之士，利欲熏其心，贫贱易其操，脂韦脆其性，风尘厚其颜，叩其中，考其实，盖茫然无知焉，又乌足与谈天下事哉？在上者，不知为国旁求，徒待在下者之媒炫，使萧艾升廷，芝兰在野，而欲挞伐四夷，追逐三代，盖亦难矣。

方今天子下诏徵贤，敷求良切，内外大吏，疏奏相望。近日朝廷以书局属公，实欲公之造就人才，以待国家异日之用。斯事虽细，关系天下，则公安可不广罗俊义，上承明诏？窃见广东举人梁启超，年二十四，奇才淑质，独出冠时；综贯百家，凌跞一代。九州万国之纪，旁行斜上之书，莫不取其精华，得其指要。绮岁不廉之誉，方之蔑如；何休学海之称，奚足拟类！求之近日，诚为罕觏。今以不合当世，思褰衣远去。公倘不以年少少之，折节往拜，慰而留之，延揽入局，于大局不无小补。贾谊出吴公之门，孝章膺北海之荐，公之以人事君，又岂在吴公北海下哉。且北海云：「鸷鸟累百，不如一鹗。」愿公假以顺风，看其冲举，毋使垂翅平原，见笑于斥鷃也。梁君行期甚急，愿公速图之，不胜大愿！冒昧上陈，幸垂察纳。

蕲同人阅时务报小启

秋风动桂，端忧多暇，独居一室，惆焉不怡。睠世变之日新，哀生民之多患。横流益急，累卵堪危。振螳臂而挽颓波，自伤无济；发鸿声以晓聋俗，世尚有人。乃者梁君卓如，特在沪滨创立时务报馆，观其体例，首陈治道，继译新闻，采国风于六洲，置苦口于万户。虽迹类商鞅，言同邹衍，而略其形似，要厥指归，知长沙痛哭，乃心汉家；杜牧罪言，输忠唐室，针膏起废，此洵活国之扁仓也。蒙嘉美卓如之心，思推广其意。兹购得三十分，以次递传，足供百人浏览。限三日专足走取原报外，不索分文；其有愿自购者，有愿助款者，各听其便。不有博奕，犹贤乎已，诸君子或亦有意于此邪！凡我同人，殊形共气，所冀采此葑菲，无弃刍荛，搅蛮触之废兴，考吴楚之疆大，怀「及我」之慎，收「知彼」之功，王室生民，实是赖之。若将立言规同虞初，陈义等诸郢说，不唯于卓如之心刺谬攻错之义乖焉，是犹背日以求影，北辙而图南也。或不谅赤心，自甘墨守，缘其强聒，致干怒嗔，斥以不祥，横加丑诋，譬之陈五色于瞽瞍之前，奏八音于聋丞之侧，咎岂在人？是则蒙之譬戾也已。

哀妹文 丁酉

维光绪二十三年三月十一日，保初供职京师，闻吾妹凶耗，肝肠崩摧，一恸几绝。呜呼！以吾妹之贤，竟不永其年耶？非遭摧折之惨，何以至此也？南天北地，不克抚户一恸，抒忿写哀，远报吾妹之灵曰：

哀哀吾妹，秉性淑温，婉答恪惠，端肃恭仁。宜永其年，胡生不辰？遇人不淑，结此恶姻。膏焚兰摧，魂归九原。呜呼哀哉！

卒岁之冬，家书纷纭，述妹苦状，眩疑惶惧。饥弗与食，寒夺其茵，捽发曳足，以溺注唇，鞭笞日下，血流赤殷。时亦小弛，詈语申申。谓汝速死，我昏高门。哀哀吾妹，遭此凶痛。呜呼哀哉！

惟彼刑罚，以治凶民，苟或滥施，尚谓之冤。胡为家庭，逞此毒残，为暴为虐，无辜杀人。求生不得，求死无门。有理难喻，有冤莫伸。昔谓难信，今也则真。曾几何时，玉碎琛沦。呜呼哀哉！

桓桓刘公，国之大臣。为人尊章，胡乃不仁。纵子为虐，耳如不闻。匪为纵之，实使之然。昔与老父，如弟如昆。患难相依，始结婚姻。吾父薨殂，遂忘旧恩。不念死友，较富量贫。茕茕遗孤，竟难瓦全。呜呼哀哉！

哀哀吾妹，如鸟在藩。身非铁石，遭此磨磷。勉尽妇职，泪竭声吞。作书告哀，不鉴其懂。屏营伏首，不蒙哀怜。待其将死，遣归省亲。抵家一日，奄忽不存。呜呼哀哉！

哀哀吾妹，魂归于天。生者死矣，复生实难。我虽未死，奈此鲜民。弱女呱呱，谁为抚存？矧有老母，齿豁发斑。遭此凶逆，能不烦冤。设有不幸，兄何为人！呜呼痛哉！

兄之外出，妹送于门。涕泣不已，勖以话言。忠以报主，孝以侍亲。凡兹继述，在兄二人。哀哉此别，万古千年。其言在耳，人隔重泉。返魂何域！归神何原？悠悠苍昊，鉴此沉冤。呜呼哀哉！

宗室寿富告八旗子弟书书后

嗟乎！此吾友伯福近著一篇持以见示者，下走读而竟之曰：吾子何其志之哀而言之纯也！夫事关君父之安危，国家之兴废，其立言宣意，因有以异乎嬉笑怒骂者之词气矣。言中伦，行中虑，圣人亦人伦之至尔已。今试与为子者以言孝，则必应曰：「吾将致身竭忠以事君也」；与为臣者以言忠，则又必应曰：「吾本为禄养全归以尽孝于吾亲也」。是为君父者，又何乐乎徒有此臣子之虚名，而受忠孝之实祸也。

今夫天下之患亟矣，稍识时务者能言之。吾复请以舟喻：夫吾中国犹历久不治之陋舟也，篷索朽败，篙柁破折，板质蠹窳，屡经风日之敝裂，雨雪之摧荡，论其貌，非不广袤长大也，其任载吾族亦非不众且多也，而以行乎汪洋巨海之中，忽遇恶飓暴风之骤至，死亡倾复，间不容发。凡此同舟，罔或一致，千状万态，不可殚陈。吾盖见其痛哭流涕者，大声疾呼者，相诟谇者，相怒骂者，蒙面偃卧者。其所谓操一舟之性命者曰：秉柁柄者、驾楼橹者、执篙楫者、御风索者，皆衰朽无能，手足俱乱。或相谯让、或相诿诿，或相怨詈，或待天命，或睎人救，其甚者，或故闭舱户而不欲人之一援手也。呜呼噫嘻！虽富贵声华之可乐，贫贱辛戚之可忧，悲愉哀忻之异畛，静躁舒敛之不侔，及其倾覆澌灭，玉石俱沉，归于死亡，一也。而况乎巨鱼长鲸，鼓舌奋鳍，耽耽然有吞舟之势，以环伺相待者乎？乘舟之人若不速为之计，几何而不葬其腹也！

且今之为仕者，其大都皆曰：「吾不在其位，不谋其政矣。」为士者皆曰：「君子思不出其位。」殊不知，不谋其政者皆在位，在位者皆向所谓思不出其位之人也。「位」之一字，吾不知其何谓，而在位不出位者之心，又果何在也！今若牟利猎名、捐廉弃耻之事，则皆悍然然为之，以为天下之大公，此在位之政，不出位之思，是人人之所同也。若图君父之安危，论军国之大计，则众诟群訾，或口是而心非，或面谀而退谤。呜呼！是以能尽人伦之事者为出位矣。嗟嗟，此禽息所以碎首、威公所以泪血也。小雅尽废，四夷交侵，岌岌乎，国之为国若累九棋、临千仞矣。今以子呕心之言，由人之目，而入人之心，倘闻者因之少悟，不至以谆谆之诲，取他人之诟訾耶？

报汪穰卿入农会书

穰卿吾兄左右：客岁损书，告以欲兴农学会报诸事，足徵诸大君子解悬拯溺之苦心，钦佩无既！顷复奉手书，过承奖假，道及农事，以未能备举为憾。如左右之虚怀若谷，勇于为义，殆将欲大有造于我华人也。不然，何若是其恳挚耶！

在昔聪明圣德之后，神灵文思之君，明发动容，昃食兴虑，肃事戒典，宝兹稼穑，良以食为民天，农为邦本，本固邦宁，不可一日缓也。管子曰「一夫不耕，或受之饥；

一女不织，或受之寒。饥寒切肤，廉耻斯丧。」夫一人耕织而供百人之衣食，其事劳；百人耕织而不能供一人之衣食，其事更劳。今泰西播籽种有法，化土性有料，代耕汲有器，其事逸，其利溥，有斯民责者，宜知所从事矣。纵古今殊辙，南北异宜，厥理纷错，匪易穷究，要之牧民之吏、课农之官，各尽其所当然之职分，竭力提倡，料亦不过难集事耳。

今户部号为司农，农自为农，而所司者非农，勾稽簿领，量较锱铢，积牍山立，画诺盈廷，是岂先王设官分治之本意也欤？至若州县亲民，下车伊始，未闻抚字，但解催科，是蚩蚩小氓，本待司牧之教养，今也牧民者，既不能善导之，反桎之梏之鱼之肉之，几何不相率而死也。古者耕三余一，不虑凶荒；今则十室九空，朝不保夕，将使人血满地，群盗满山，虽无敌国外患，水旱风蝗，亦将有岌岌不可终日之势；若犹泄泄沓沓，不速兴农政，驱天下游手散卒而归之农，以挽救于万一，吾恐南亩之旁，有辍耕而叹者矣。及其为盗，陷之重辟，死非其罪，亦良可悲矣。且今之纡青曳紫者，其所为害国害民，何异盗贼哉！官盗于上，士盗于下，而横目蚩蚩，虽寒饿不为乱，抵死不为非，相将以填委于沟壑，恐犹不免为它人吞噬，弱之肉而强之食矣。西国赋敛至重，且十倍于中国也。而民不怨，何也？国家有以厚其生也，所以刑罚亦最轻，而民不肯犯，国家有以养其廉耻也。

抑又闻之，劳心者治人，劳力者治于人。今之涂体沾足，服事南亩，乐岁终身苦。凶年不免于死亡，所谓劳力者不为不多矣；其余则营营于名利之内，有损人而利己，所谓劳心者，是亦不为不多也。独恨劳心者之不惟无以厚劳力者之生，且有害于劳力者之生，其亦靦然不耕而食、不织而衣也。既无益于劳力者之生，而有害于劳力者之生，而劳力者久之久之，于是乎惫且死。劳力者惫且死，劳心者亦不能独生，理在则然矣。

今左右与海内二三豪杰之士，兴农会，出报章，所以开吾神州风气，则诚务本之至计，下走向所谓造福于我华人匪浅也，岂虚誉哉！异日者国跻富强，家崇礼让，人读诗书，保初则为太平之一物，于愿足矣，岂复有奢望乎？家有薄田二顷，足供先人粢盛，暇更负耒耜从诸君子游，长为农夫以没世焉可耳。祈将贱名，先登农会，以为异日服事南亩之证，幸甚幸甚！

上本部堂官说帖

贵州司主稿帮办现审兼司务厅山东司主事吴保初谨献书于司寇大人座下：径陈者，齐策有云：「敬法恤刑，虞书茂典；议狱缓死，大易深规。」自氓俗浇弛，法令滋彰，肺石少不冤之人，棘木多夜哭之鬼，所以聪明圣德之后，神灵文思之君，明发动容，昃食兴虑，伤秋荼之密网，恻夏日之严威，永念画冠，缅追刑措也。抑又闻之：狱者，天下之大命也；廷尉者，天下之平也。天下之平一倾，民安措手足？故张释之在廷尉，天下无冤民，于定国治狱，民自谓不冤。良以死者不可复生，断者不可复续，书曰：「与其杀不辜，宁失不经。」今则不然，深者获公名，平者多后患。彼刑官岂以杀人安于其心耶？不安于其心而后可安于其位耳。故善治狱者，片言可以折狱，听讼使其无讼。不善治狱者，人血满地，群盗满山，槛车累累，而罪人之首，已相属而悬于都市矣。路长君所谓锻炼周内，虽咎繇听之，犹以为死有余辜者，此也，此则不能不叹息痛恨于缉捕吏役之诬良为盗者矣。

今本司有提督衙门奏送干赏儿纠众行劫一案，讯其情实，则被盗之主，虚也，领赃之人，虚也，所获之犯，虚也。或云盗只有一二人，或云数十人，以意为之，科以首从。至乃传问拿人卖放之石永春，则不令其到案，案中要犯郭九，挟嫌诬良，与石永春狼狈为奸，亦藏匿不肯交出，婉转托情，吓以权势。大人以为不顺其请，恐伤两衙门和气，司员则谓使无辜枳怨已深，上干天地之和耳。今若原办，得赃之石永春不办，则民不堪命矣。长夜漫漫，亦复何有天日？大金吾势赫赫，而民命贱于草菅，是蚩蚩小氓，不死于朝廷之王法，而反死于捕役之人情也。

传曰：「纣之不善，不如是之甚也。」又曰：「助纣为虐」。虐者何？虐民耳。差役入境，则鸡犬为之一空，尽其所有，悉索以行，若彼则真所谓盗者也，今大人若瞻徇提督荣禄情面，则必斫落小民之头颅矣。司员以为不顾荣禄情面，而办该衙门原办官，虽于荣禄情面稍有碍而无碍，何以言之？彼荣禄之头颅固无恙也，大人复有何游移耶？司员情词迫切，罔识忌讳，披沥陈之，伏候训示，无任詟栗主臣之至！

陈时事疏

山东司主事吴保初谨呈：为痛定思痛，危局难支，宜亟挽人心而延国命，披沥直陈，敬恳代奏，仰祈圣鉴事。

窃臣闻殷忧所以启圣，直言所以竭忠，又闻主忧臣辱，主辱臣死。甲午之变，岌岌哉！天下震动，宗社几亡，为我本朝三百年来未有之大变，此乃天之所以开我圣人也。我皇上下诏自责，哀痛迫切，存国君殉社稷之义，始则不得已而言战，继则不得已而议和，薄海臣民，罔不感愤涕泣，共亮我皇上仁孝之苦衷。

伏闻累次殊谕，有云：「嗣后我君臣上下，惟期坚苦一心，蠲除痼疾，力行实政，以图自强。」又云：「当此创巨〔巨〕痛深之日，正我君臣卧薪尝胆之时。」内外大小诸臣，伏奉纶音，固莫不孜孜矻矻，抵掌而谈时务矣。其有关于自强诸大端，如兴学校也，求人才也，加廉俸也，汰冗员也，改文武科也，练水陆军也，垦农田也，振工艺也，恤商务也，修铁路也，开矿产也，罢捐输也，禁洋烟也，兴钞票也，设银行也，节浮费也，创邮政也，朝廷已次第举行。然小臣犹有不能已于言者：昔人徙宅而遗其妻，闻者犹或讥之，况臣之于君，君之于民，民之于国，国之于天下乎？所贵乎天子者，以其能有主权而保此国民也。是故权之自上者，苟非孱暴之主，纵欲遂过，天下可运之于掌，甚易治也。君权不振而移于臣，偶一不当，而贪墨之吏，因缘为奸，忠愤之徒，矫枉过正，而天下遂大乱。法兰西世家执政之祸，其近徵也。

然则，权之所在，固非君莫属矣。权不在君，必移于其臣，权不在臣，必移于其民，权不在民，必将移之于外人。是故有权之国强，移权之国殃，无权之国亡，此古今五洲万国不易之公理也。彼泰西诸国，既得其所谓权者而治其国矣，浸假而治其与国矣，浸假而治他人之与国矣，浸假而治他人之国矣，然犹惧其民之不我顺也，故用其百端钤制之术，必使其君委命下气、俯首听令而后快，彼既得其君而钤制之，其民尚有不顺从者哉。振衣而挈其领，寻河而得其源，彼之术亦狡矣。既扼我吭而推我背，我犹感彼之德，听命于彼，彼泰西诸国之欺藐凌侮我皇上，其不以此哉！其不以此哉！此臣所以虑诸臣之孳孳图自强，纵籍口于治民治国，而实遗忘其君者也，不知诸臣将为彼英俄德法美日之役役乎，抑将为我皇上之岌岌乎，亦可谓不知本矣。

古者君师合一，自尧舜以降，君道衰而师统立，是以二千年来，自天子以至庶人，莫不受孔子之教而师法孔子矣。英人李提摩太叙西史揽要，以五洲六十国，男女一千五百兆人比而较之，其宰治最广者为救世教。陆地合华程五百余兆方里，为孔教所辖者四十兆方里，为救世教所辖者四百二十兆方里，回教所辖者三十兆方里。以孔教论，我中国四百兆人，妇女去其二百兆矣，农不农，工不工，商不商，士不士，以及堕入于佛不佛，道不道诸教之惰民，又去其一百八十九兆矣，存什一于兆万之孔教，其果真自无怍于其教者又几人哉？是孔教之在今日，其不绝如发，师统废坠，教学不昌。传曰：「下无学，贼民兴」。悲丧亡之无日，詟夷狄之有君，此则可为痛哭流涕者也。昔者舜有臣五人而天下治，今皇上设官分治，文武大小不啻三万人，而一事不治，岂我皇上有臣三万，不及舜之五人耶？非也。诚如前岁谕旨所谓用人之道未有当也。臣闻之，舜有天下，选于众，举皋陶，不仁者远。汤有天下，选于众，举伊吕，不仁者远。虞殷二君，可谓得用人之道矣。虽然，汉唐之明君，不以伊吕为相，宋元之英主，不以萧曹为臣，而天下亦治，何也？大抵得人者昌，失人者亡，用人之道得也。不然，此三万人皆为民之狼虎，为我皇上之鹯獭蟊贼也。朝廷不唯不以为狼虎鹯獭蟊贼，反褒之为循吏，为良臣，为孝子，为顺孙，任其日食兆民之肉以自肥，吮民脂血而不恤。孟子曰：兽相食，人且恶之焉。有仁人在位，而忍率兽以食人，非所以爱民求治之道，亦非所以自爱之道也，此圣人所以以不得人为忧也。

今夫万邦林立，横目蚩蚩，近或陆地以相联，远则水波之窎膈，天之所以限华夷也。上古之世，智慧未开，虽老死不相往来，故可分疆而治，降及后代，机变日新，嘉道之际，荷兰始造轮船，而飞越重洋以通商于我腹地矣。近日俄人造西伯利亚铁路二万余里，而直入我之堂奥矣。往者，百里不通，邈如胡越，今则万里为咫尺焉，海洋为平地焉，旬月如旦暮焉，既水陆之不阻，亦来去之自由，不复能闭关门而谢客矣。况俄罗斯虎瞰于北，有并吞八荒之心；英吉利鹰扬于西，有囊括四海之意；日本狼顾于东，有包举宇内之志；法兰西鹗视于南，有席卷天下之概；其余如德意志、美利坚、奥大利数十国皆思合纵，磨牙吮舌以食我，各逐其均沾之利。然犹幸瓜分之图虽具，合纵之约未成，国之所存者，幸也。昔六国缔交，以敌强秦，今则合数十强秦以临弱周，问鼎之使已临，避债之台安在？倭人灭我琉球矣，法人据我安南矣，英人夺我缅甸矣，俄人侵我朝鲜矣，倭人割我台湾矣，其余如通商辟界，岁有责言，赔款偿费，国无暇日，藩篱撤则堂奥无援，奴仆去而主人愈窘。夫中国非患贫也，乾嘉之际，国家岁入银不过三十余兆两，兵强国富，上下乂安，无国债也。彼时养兵亦百万，无报捐筹饷例也。今则国家岁入倍曩昔，计八十余兆，犹日忧穷蹙，国债累累，民不聊生，上下交瘁，何也？岂理财之道，犹有未善欤？窃窥诸臣谋国，除借洋债之外无长策，数及亿兆，害贻子孙，海关不足以抵押，恐开割地抵偿之渐。今以欧洲入款每年合华银二千八百兆两，比而较之，多三十倍，闻美国则又多于欧邦数倍，何相悬也。孔子适卫曰：「庶矣哉！」冉有曰：

「既庶矣，又何加焉。」曰，「富之」。「既富矣，又何加焉？」曰「教之」。「生财有大道，生之者众，食之者寡，则财恒足矣」。又曰，「百姓足，君孰与不足；百姓不足，君孰与足？」「是故有人此有土，有土此有财，有财此有用」。我中国自通商以来，六十有余年矣，我之货财输于外以兆万计，蚩蚩小民，生计日窘，不识不知，安之若命，不惟未见彼之所以富，且不自知我之所以致此穷也。今国家收值百抽五之洋税，以鸦片烟为大宗，已岁入二千数百万，彼之所得，我之所绌，又岂可以算箅者乎？今辇毂之下，饿莩相望，乞丐遍地，蓬首垢面，有如囚虏，丰年小民有饿死者，盗贼蜂起，不待凶荒。古者临民之君，饥犹己饥，溺犹己溺，视民如伤，一夫不获，若己推而纳之沟中，其重民也如此。先王之得天下也，得其民也，得其心也，失其心斯失天下。伏维我大清立国二百八十有四年矣，皇上君二帝三王文明之古国，承列圣艰难缔造创法垂统之丕基宏业，深仁厚泽，贻谋至今，宁复虑此。然而国步萎瘵，上若不知；民气凋丧，上若不察；脂膏将枯，上若不虑；命脉将绝，上若不忧。今小臣敢以蝼蚁之命，试雷霆之威，欲一为四万万赤子请命于一人，欲为一人延子孙帝王万世之业。今上纵能诛小臣一人之哓哓，不能尽诛亿兆之嗷嗷也。我中国圣教至善，诸教莫能比，今则一缕将绝也。我中国君权统一，不患阻挠，万国莫能比，今则令不能行于其下也。我中国土地之广二万余里，膏腴沃壤，万国莫能比，今则土满为患也。我中国人民之众四万万，聪明睿智，万国莫能比，今则人满为患也。我中国度处温带，寒暑适宜，万国莫能比，今则士农工商各失其业，而民不能不饥不寒也，虽冻馁不为乱，抵死不为非，抑将为他人吞噬弱肉而强食也。我中国矿产饶衍，封积千载，万国莫能比，物产二十六万种，未为少也，货弃于地，犹可拾也，今则将并地而弃之也。虽公私涂炭，上下困穷，而国家且不能不用，国债数十千万不能不偿，强敌压境，强邻外窥，虎视狼眈，急于星火。日本二万万之赔款，每年数千万，而无穷之利息，不能不按期交给也。我中国设官之众，文武不啻三万人，人才不为不多也。今则宵旰虽焦劳，而诸臣犹嬉娱如故也。主上虽辱，而犹以为荣也；国势虽危，而犹以为安也；谋国虽忠，一事不治，不知其用心何在也。盖无一人不专为谋衣食富贵而来，置君民国事于不顾；而又格于成例，贤不能进，不贤不能退，必使其廉耻尽丧，血气衰颓，而后始畀以军国重任，欲老其才，不知其患失之一念已牢不可破，比比皆尸居余气肉食盈廷也。况分崩离析，祸隐萧墙，一旦祸变遽作，恐盟蒙奉吉卫藏青海新疆圉傲要害之守，将沦异域，燕齐闽浙江淮楚粤川黔滇桂膏腴肥饶之地，悉成盗粮，血肉之躯，惨罹于锋镝；神明之胄，将化为烽烟，威旅台澎之已事，有非小臣之所忍言者矣。

我皇上子立于兆民之上，独居于深宫之中，未明求衣，昃弗暇食，恭己南面，一日万机，固无虑四聪之未达，四目之未明，然未睹平帝舜无为而治之效。其帝德犹有未宏欤？圣学犹有未勤欤？言路犹有未通欤？左右诸臣其犹噤口结舌默而息欤？抑尝闻尧舜之治天下矣，尧舜之治天下，岂有异术哉！以天下还天下，以天下还天下而已。非谓其一无所事事也。设使其四聪塞，四目闭，箴谏不闻，丝蒯莫择，则亦木强之主寄生之君也，乌在其端拱垂裳而临天下哉！是故尧欲以天下授丹朱，丹朱得其利而天下病，以天下授舜，天下得其利而丹朱病，尧终不肯以一人之利而病天下。今天下病亟矣，而并不能以利一人，谋国者又何其谬计欤？谁秉国钧？谁尸国政？祸阶之厉，至于此极！诚恐皇上春秋鼎盛，犹日与宫人宦寺为狎昵，日以博奕演剧为戏乐，而四方解体，兆姓寒心，必忘乎甲午临朝痛哭时而怠于自强新政矣。今皇上奋兴于上，犹恐诸臣惰废于下，况自耽逸豫乎？一旅兴夏，三户亡秦，其机至微，不爽累黍。伏愿我皇上挽未去之人心，图未绝之天命，失之东隅，收之桑榆，及早图之，犹未为迟也。孟子曰，国家闲暇，及是时槃乐怠傲，是自求祸，祸福无不自已求之者。又曰，泄泄，犹沓沓也。昔法兰西受普鲁士大创后，亦曾广场以演剧矣，其所演者，皆当日普法之战状也，横尸遮目，使人怵于目而訾于心，遂有复仇雪耻之一日。近日人归我辽地，犹引以为耻，立记念会，皇上又岂能以优怜宦寺为周召，邪词俚曲为诗书乎？至乃博戏之乐，又岂能澶渊之孤注一掷？彼倭人不发一矢，不折一兵，一举手一启口，而我已输款不赀矣。

伏愿我皇上以甲午之心为心，诸臣皆以皇上之心为心，惩甲午之危以求安，勿以今日苟安为安，察兴亡之机，考治乱之由，怵危亡之可忧，谋富强之攸在，以甲午之心为心，罔不强；以今日之苟安为安，罔不亡。其谁以亡国之说告之于我皇上者乎？汉臣贾山有言，秦之亡天下，莫敢告也。莫敢告之祸至于此。管仲告桓公，愿君不忘在莒，臣亦不忘射钩。冯异对光武云，愿陛下常思河北之难，小臣不忘巾车之恩。彼邪佞之臣，日以尧舜谀其君，其君未必尧舜也；忠志之士，日以桀纣戒其君，其君必未桀纣也。尧舜者，古之圣君也；桀纣者，古之亡国之君也。彼日以尧舜谀其君，其意未必能以尧舜望其君；以桀纣戒其君，则惟恐其君不为尧舜也。故小臣敢以桀纣之君为尧舜鉴戒，不敢以尧舜之君为桀纣饰非也。尧舜自尧舜，桀纣自桀纣，而皆于我皇上无与也。臣则甚悼夫逢比之臣不遇尧舜之主，而又深异乎尧舜之主不庸廉来以为臣，非廉来之臣，不降生于尧舜之世，逢比之臣，必应横死于桀纣之朝也。彼逢比者，生桀纣之世为逢比，生尧舜之世，则为禹皋益稷矣。彼廉来之臣生桀纣之世为廉来，生尧舜之世则为共工驩兜矣。人君莫不愿为尧舜而恶为桀纣，亦莫不愿臣为禹皋逢比，而不愿臣为工驩廉来，有固然矣。然逢比之臣，往往蹈工驩之诛，而廉来之臣，往往如禹皋之登庸，何也？彼逢比者，宁有乐于工驩之诛窜，而恶夫禹皋之登庸哉？亦岂不知谏之不听，危及其身，而徒张其主之过哉？诚有所不容已也。今臣愿尧舜之主勿为廉来之臣所愚，天下之幸，宗社之本。臣更不愿蹈工驩之诛，而张尧舜之微过，是则臣之厚本也。

方今圣人在上，左右维贤，匡直辅翼之大计，岂必待疏逖卑贱之小臣？大臣多淟涊而无言，小臣遂昧死以抗奏，其所以不惧斧钺之诛，甘鼎镬之死，岂有他哉！诚怀不容已之心，欲一告之于我皇上也。干犯天威，罔识忌讳。雷霆斧钺，一任天地之恩，已知逃命之无从，即此为报恩之地。古者天子有诤臣，彼龙逢之丧元，比干之剖心，史鱼之尸谏，子胥之抉目，豫让之漆身，屈原之沉江，鲁连之蹈海，虽赤宗血族，莫可挽于横流，剖腹露心，何所拯于急难。初则何尝不告其主，惜手其悟之晚也，岂不痛哉！臣不胜奋懔战栗屏营之至！

愍志赋 戊戌

溘吾丁兹浊世兮，幼俟罪乎京畿。皇锡命于深宫兮，拜任子乎丹墀。匪先人之烈业兮，胡小子之能兹。既承乏于武库兮，典禁卫之兰锜。追咎由于司李兮，惧职掌之有亏。方兢兢以惕若兮，指沧桑之潜移。

哀民墙之蠹隙兮，就帝阍而陈词。长官初俞以陈达兮，后悔遁而沮之。众謷謷而多譽兮，固世俗之变态。予一再而信说兮，反齌怒予不速改。羌不悯世而念乱兮，谓予言高而位卑。岂惮殃而远诟兮，亦命乖而数奇。

匪日月之不昭兮，羌浮云以蔽之。匪揭车之不芳兮，众草妒而鄣之。謇吾婞直之不容兮。固被放之所宜。苟徇俗而登显兮，又胡以自令放为。迫中国之窄狭兮，昔孔欲之九夷。朔饱粟而欲死兮，绮啮芝而疗饥。性卞急而褊浅兮，情傺侘而弗怡。出国门以南迈兮，免黜点之然疑。予既不难夫窜伏兮，哀王室之阽危。曼瑶台之冥冥兮，念报德之无期。

惜壅君之昭明兮，吾虽萎绝其何伤。冒斧锧以沥诚兮，疾予言之不祥。佥自私以偷乐兮，谓予侈言乎富强。野有饿莩兮，军无糇粮。霜霰零悴兮，民无盖藏。畴阶祸而加厉兮？亦谋国之匪臧。

长太息以掩涕兮，堪痛哭乎长沙。哀江南之卑湿兮，终轸念乎国家。敢遁世以面俗兮，诵伐木于山中。孰不友信而上获兮，孰不得亲而自充。匪翁妪之嘉命兮，安窬穴隙而相从。羌无术以炫鬻兮，予又德丑而媒曷通。进退冯其梦筮兮，吾将为大风驱羊而变熊。苟不吾知其亦已兮，吾宁坎壈而终穷。子推隐于山庂兮，眷瑶台之九重。

蹇坎壈而失职兮，徒儃踧而涕零。惶踽孑以吊影兮，纷独翔而离群。朁玉石以杂糅兮，愿终俟夫明君。鸷鸟之戢龚兮，终奋翅乎九州。苟圣哲而得路兮，吾焉用而敏忧，既抒掏以渫结兮，又岌岌以增虑。夜怏怏以无眠兮，心耿耿而至曙。悯时运之迫促兮，悼景光之难延。颜霉黧以枯索兮，发芒悴而鬖髿。心煎熬以耄思兮，安敢望乎锡环？世推佞以进富兮，亦挤藏而蔽远。凤不贪粒而来仪兮，骥不索驾而求服。纷鸡鹜与蹇驴兮，眈近习之燕昵。鹿求友而呜呦呦兮，娇余舌之涩讷。昼掩翳而阴曀兮，路悠邈而訇帀。唃神州之陆沉兮，悲臣离而君孑。既天梯之不可扳兮，愿正此心于皎日。

论阴挠新法之害上

吾闻古之欲治国者，其道三：一众民，二强民，三智民。善夫吾友梁君之倡保种、保教、保国三义也。吴保初愀然瞿然恫然曰：痛哉乎！不保种无以存中国，不保教无以存种族，不保国无以存圣教也。种恶乎保？在尽吾二万万之女子都入天足，庶乎种可保欤？曰：未也。然则奈何？曰：保教。教恶乎保？曰科举，曰学校。若是则教可保欤？曰：未也。然则奈何？曰：保国。国恶乎保？曰一伸民权，一曰改官制。若是则国可保欤？曰：未也。然则奈何？曰有治法无治人也。呜呼，无人，非所为国也。是故人存则政举，人亡则政息，人也者，国之命脉也，不欲绝国之命脉，故不曰无治法；必欲绝国之命脉，故不曰有治人。管子曰：在家一家之人，在国一国之人，在天下天下之人。然则今之在家国天下者，宁可谓之非人乎哉。既曰无人，不思所以求之，不思所以养之，乃反桎之梏之黜之抑之，而日号于众曰：无治人，无治人，且复腾谤以卸责，面从以希荣。此又窃位蔽贤高拱肉食之巧于藏身者，倡为是说，一唱而百和之也。

孔子曰「时哉，时哉！」又曰「务民之义」，孟子曰，民为重。虽然，吾向所谓众也、强也、智也，非惟不能众且强、智，乃日思所以瘠之、弱之、愚之之道，乃并吾之种之教之国举不能保矣。嗟我黄人，亦若鄙欧墨之富强不屑为，羡澳非之贫弱如不及，师彼红人黑人之为奴为隶为牛为马，思执鞭以从其后。呜呼，岂非大惑不解者乎，是诚无解于今日之所谓大臣者矣。

论阴挠新法之害下

戊戌春，闻京师分新旧两党，日夕攻轧，如水火冰炭，各不相能。吴保初曰：呜呼，中国其亡矣。方今事变之急，有识同悲。然吾以为，中国之亡，不亡于外侮内讧，不亡于民贫国敝，不亡于割地赔款，不亡于丧师弃民，不亡于兵单械窳，不亡于大奸巨慝，实亡于举国之人心涣散，万事瓦解，自利自私，捐廉弃耻。孔子孟子之所谓乡愿鄙夫民贼，彼则悍然瞀然曰：「吾君不能，吾君不能，无治人，无治人。」呜呼！是庸庸者之可畏也。大奸鬻国，人人皆指名之，其祸犹易防，其心迹犹易见，庸臣满国，指其名而末由，归其罪而不得，其祸则愈益酷烈惨毒，其形迹弥隐而难窥，而国之亡，实亡于此辈之手，然此辈则又皆谬托于守旧之持重者也。

虽然，诗不云乎：「周虽旧邦，其命维新。」伊尹曰：「用其新，去其陈。」传曰：「作新民」。又曰：「苟日新，日日新，又日新。」孟子曰：「子力行之，亦以新子之国。」日本有维新党，挈幕府之权，归之王室，图强于亡邦，如新造也。普鲁士有强国会，奋挫辱之耻，激怒国人，遂蹶仇法霸中原也。意大利之扼于教皇，希腊之扼于突厥，厥有保国会、保种会、英有保党、公党，美有公和党、合众党之数国者，富强甲大地，天下所共闻也，虽积痹敝眯苶垂亡濒灭之波兰，人心不死，尚有倡义之党，力图中兴，俄人必先穷治诛锄其党，而后国乃随之。

夫党人亦何负于人国也，彼守旧者之言曰：「仍旧贯，如之何？何必改作。」又曰：「率由旧章。」夫五州杂沓，万国纷拿，日以新国新民新学新政以凌我，我犹是伈伈伣伣，恣庇昏耄，棼墨夷诟，惟旧章之守，其所谓旧而墨守之者，吾姑弗辨其所守之非旧及能守与否，而彼则反日以攻夫言新法者之呶呶也。吾不怼其攻新，独愤所守之旧非旧耳。

语曰：「通天地人谓之儒。」又曰：「一事不知，儒者之耻。」孟子曰：「不耻民若人，何若人有。」又曰：「如耻之，莫若师文王。」又曰：「待文王而兴者，凡民也。」夫有待而兴，尚不免为凡民，今我纵不以不若人为耻，而世岂有所谓一事不知之儒者。今之所谓儒者，儒其语言而已，群瞀然尊之曰：儒也，儒也，彼亦自忘其无耻，忘其不知不学，而靦然自命曰：儒也，儒也。儒者，岂若是之儽悖罢软无用哉？且吾闻之，三代以上，人人皆知天文，「七月流火」，农夫之词也。「三星在天」，妇人之语也。「月离于毕」，戍卒之作也。「龙尾伏晨」，儿童之谣也。后世魁儒硕学，空疏无具，知此者殆几绝也。于是，西学入中国，有志者反从而震之，以为绝学，不知者遂以用夷变夏之谬论，日肆其诋排。昔孔子适周，求得百二十国宝书，又谓「天子失官，学在四夷」，传谓「子欲居九夷」，又曰「夷狄之有君」，又曰「乘桴浮于海」，又曰「夷狄入中国而中国之」。夫以孔子之圣，尚不以学于人为惭德，使孔子而非圣人，生乎今之世，其必不为彼之仍旧贯者可知也。俄人之灭波兰，其残毒酷烈之状，人人能言之也，然必先尽诛锄穷治其倡义之党者，欲使波人无有一线之生机，故若是其残酷耳。中国自甲午痛创，内外儳儳，上下岌岌，犹然泄沓溺于苟安，日事般敖，罔知惩毖，前识之士，孤愤填膺，眮眮焉忧，唱唱然悲，于是，乃有强学湘学质学圣学计苏学陕学知耻诸会。一二君子，倡变法之闳议，伸合群之公理，将以吁九重之天阍，拯兆民之生命。易曰：「其亡其亡，系于苞桑」，庶乎中兴之功，可翘足而立待也。况乎圣天子振奋于上，亿兆姓喁仰于下。下求才之诏，图维新之功，纳谏犹转圜，从善如不及。呜呼，有君若此，其忍负之？俄之大彼得、美之华盛顿、德之威廉第一、日之睦仁尚矣，即不尔，如普有威良俾士麦、英有纳尔逊、究林登、法有爹亚士、意有嘉富洱、日有西乡隆盛大久保利通诸人，近之伊藤大鸟，亦能逼我上国拊背扼吭，而制我之死命，此亦天下所共闻也。之数人者，皆能自强其国，显其君，智其民，崇其教，易害为利，转乱致治，以一身之动静，系天下之兴亡，孰谓堂堂上国，纵横二万里，带甲数千万，而遂无其人哉！

昔勾践虏王也，处心积虑，卧薪尝胆，遂报夫差。伍员匹夫也，孑身仗剑，报父兄之仇。史册所书，指不胜屈。然而今日之耻，一败于英，再败于法，三败于日，盖自庚申、甲申、甲午以来，英陷粤东，割香港，犯京师，焚御园，法取越南，英灭缅甸，俄据伊犁，日夺琉球，略高丽，割台湾，偿巨款，未几，德据胶州，俄据旅大，英据威海，法据广州湾，复倡瓜分之说，我则犹然偷生视息，呼吸存亡，靦颜乞旦夕之命，而不以为耻，求为小朝廷而不可得，尚得谓国有人乎？乃彼鄙夫乡愿民贼若犹曰：「吾君不能，吾君不能，无治人，无治人」，是直丧心病狂，将不知置吾中国于何地？

然则彼诸人者，岂外多而中少，前有而后无哉？吾以为，人种之沦胥，圣教之凌夷，国势之阽危，陵寝之震惊，君威之挫辱，宗祏之迫扼，生民之涂炭，元气之斲丧，脂膏之枯瘠，是皆由于大臣不爱才之一念，有以致之也。大臣不爱才，不如贱人女子。狗监知爱才，故荐相如于其主，无知知爱才，故荐曲逆于其君，红拂知爱才，终身事李靖，文君知爱才，徇节于长卿。虽然，苟或爱之，不必献纳之大臣也。故管仲之霸齐，归功于鲍叔，贾生之遇汉，推美于吴公。今之所谓大臣者异此矣，既不欲致君于唐虞，患不能导民于非澳，已不能，而又妒人之为，是朝廷枢要之地，卒为彼族所盘踞把持，蒙蔽如入幽谷，而天光不可睹矣。

吾又以为，天之欲亡人国也，使其国之君子与小人分党；欲事之不成，则使其国之君子与君子分党。若汉唐宋明之宦寺权奸，专恣于上，正人君子，荼毒于下，此君子小人分党成，而其国亦遂不旋踵而灭，昭昭然矣。君子与君子分党，如洛蜀之于荆公是也。天之必欲亡天下也，今当轴者，身不能为君子，而日与一二君子相倾轧，百计阻挠，交章弹驳，一齐众楚，必欲使新法之必不得行而后已，必欲吾华无有一线之生机而后已。呜呼！谗人罔极，交乱四国。嗟我兄弟邦人诸友，莫肯念乱，一任二三佥壬宵小，蔽贤窃位，自私自利，吾犹将忍而置之；则又非如前此之与夫汝颍关闽洛蜀东林诸君子为难者可比。究其所极，不尽吾四万万人而入于陷井堕于九罭不止也，而彼则方且自以为诛少正卯之孔子。故不待夫强邻敌国摧萌拉蘖蹂蹈而廓清，而先自穷治以自毙。呜呼，几何其不为波人笑也！

通鉴正史约钞自序

学者多称春秋左国龙门迁，尚矣。然史家自宋以来，有大著作三：涑水为编年之渊海，鄱阳为制度之渊海，而毗陵别出一例，收二十一史为左编。呜呼，洵良史役！然而事杂言庞，卷帙繁重，初学病焉。有明顾氏，乃括三史之义，汇为一编，曰正史约。予少而爱之。近谢职归山中，与先生甲子之役，以文字忤时去国如一辙，一再展读，犁然于心。因摘录一二，间附已意，并采它说，约之又约，取易记尔。庶二千余年君国之理乱，民生之苦乐，粗知大凡，即异日进而求之涑水鄱阳毗陵，亦略得蹊径。孔子曰，述而不作，窃比于我老彭。又曰其意则某尝窃取之矣。噫，若以史学绳之，则予又不仅素王之罪人也已。

与江潜之书

潜之先生姻丈：两奉复书，伏承慰诲殷挚，感何可言！不肖自客岁谒告归省，山居多暇，恒怅怅念先生不置。春间因检姚江书，穷一月力读之，恍然如梦之乍觉，始知天地间有所谓学，不待他求而后知。无怪向者之徒以形迹求先生，而先生之不可见，今知不以形迹求先生，而先生仍不可见。今不可见者，先生之形迹，而向可见者，亦只先生之形迹。先生之学，又不在形迹间求也。若在形迹间求先生，先生固不可见，不以形迹求先生，先生或可见乎？然则，欲求见先生者，当求之于先生之学矣。先生之学，则亦姚江之学而已。不肖向见先生，不见先生之学，亦不复知有姚江也。今则求之姚江，知姚江之学而见先生矣。虽然可见者先生之学，不可见者姚江之江先生耳。向则朝夕居稽，謦欬罔间；今则江海窎远，钻仰末由，是今求先生于可见，反不若向之求先生于不可见也。嗟呼，别离之感，其能去诸予怀耶！而况姚江之学之亦不必不以形迹见也，若并其形迹而无之，则又适如人所诋排，堕入寂寞之境，归于无何之乡矣。以不肖之拳拳于先生，知先生亦必不恝然于不肖。虽然，不肖庐江鄙人也，早岁失学，壮不如人，皓首无成，老将至矣。方且愧悔踧踖，冀稍稍省览，以补救于万分一，匪有自树一帜，以鸣当世之意也。乃不谓友人中之专治程朱学者诸君子，群起而攻。始犹愤愤，继乃置之。不肖以为，古人之学虽殊途而同归，今人之学遂分别以门户。于是，为学宗旨先丧。为学之益未得，伪学之害已成，而专以攻讪为能矣。推其心，则或出于忌，或出于私，或出于虚娇，或出于固谬，虽未尝与之辩，难以妄置一喙，然彼皆积学之士，亦良可悲矣。积学愈深，攻学愈力，其攻者，非不肖之为攻，因姚江而始并攻不肖也，不肖又何幸在百世下而为姚江受攻哉！是不肖但得姚江一线绪余，道高而毁来，虽日受攻不为恨；惟诚不解姚江之学何以数百年来攻之者不少息，而学姚江之学者，又因是招谤取侮，若此其甚？总之，为学无论程朱陆王，均未可訾议，君子学之以入道，小人学之以臧身。窃揆程朱陆王之心，亦只引人以入孔孟之道，并无余地以藏佥壬之身也，奚其争？贵无名，存其诚，道乃明，敢以质之先生。先生之学，姚江之学也。呜呼，不肖又乌足以知先生之学乎？不知先生由姚江之学而入于程朱，抑由程朱陆王而入乎孔孟之道，未可知也？不然，何以只见学姚江之学，而独不见先生受姚江之谤，乃适所以成其为先生之学矣乎！若是，则益叹先生之学，乃能学姚江之学，而不肖之所学者，只姚江之谤耳。而若而人之谤姚江而并攻不肖者，不唯可以免姚江之谤，恐亦未必能得程朱之真也，只见欺世自欺，适成其孔子之所谓乡愿而已。虽不与之深辩，彼色庄论笃之君子，又何时可以憬然而悟、废然而返乎？不肖懵不知学，了无心得，架上诸书，旋阅旋忘，乃骑驴觅驴，得兔失兔，引犬上堂，认贼作子诸弊，则犹尚如故也。近状略详伯福书，可取阅，幸垂教之，迩者赵盾当道，伏惟珍卫不宣。

驳唐荆川论信陵君救赵己亥

唐子曰：「论者以窃符为信陵君之罪，余以为此未足以罪信陵也。」「然则，信陵果无罪乎？」曰：「又不然也。余所诛者，信陵君之心也。」吴子驳之曰：呜呼，信陵窃符之罪，诚有可议。信陵窃符之心，则胡可诛也。夫强秦之暴亟矣，既悉兵以临赵，赵必亡，赵，魏之障也，赵亡，则魏且为之后；赵、魏又楚燕齐诸国之障也，赵、魏亡，则楚燕齐诸国为之后，天下之势，未有岌岌于此者也。故救赵者，亦以救魏，救一国者，亦以救六国也。窃魏之符，以纾魏之患，借一国之师，以分六国之灾，夫奚不可者？乃唐子之言曰：「信陵一公子耳，魏固有王也，赵不请救于王，而谆谆请救于信陵，是赵知有信陵，而不知有王也。」今夫国有贤臣，国之福也，邻国之所仰而恃也，敌国之所惮而不敢伐也。赵之请救于信陵，正以请救于魏；请救于魏，正以请救于王。王，魏之王，魏王之魏公子，魏之公子，魏亦公子之王之魏也。其所以请救于魏，以有信陵故耳。设使魏无信陵，魏王将请救于人之不暇而暇救人乎？唐子之言曰：「平原君以婚姻激信陵，而信陵亦自以婚姻之故，欲急救赵，是信陵知有婚姻，不知有王也。」然吾以为，平原君不以婚姻激信陵，信陵亦自不以婚姻之故以救赵，救赵不系乎婚姻不婚姻，即使祸不在赵在他国，信陵亦必救，救人实以自救也。信陵非徒知有婚姻，知有王而已。窃符而救赵，亦孟子所谓嫂溺援之以手者也，权也。若嫂溺不援，而徒泥乎男女授受之义，坐视其死亡，既难免夫豺狼之诮，唐子果犹与为奉公守节之道乎？斯又不可通之论也。况日有虎豹之秦，伺于吾君父之侧，眈眈欲噬耶！故曰：救赵，实以救魏耳。唐子曰：「其窃符也，非为魏也，非为六国也，为赵焉耳。非为赵也，为一平原君耳。使祸不在赵，而在他国，则虽撤魏之障，撤六国之障，信陵亦必不救。使赵无平原，或平原而非信陵之姻戚，虽赵亡，信陵亦必不救，则是赵王与社稷之轻重，不能当一平原公子，而魏之兵甲所恃以固其社稷者，只以供信陵君一姻戚之用。幸而战胜，可也。不幸战不胜，为虏于秦，是倾魏国数百年社稷以殉婚戚，吾不知信陵何以谢魏王也？」呜呼，此所谓欲加之罪者也，此所谓工巧诋而引深文者也。使信陵果不知大义，不顾大局，如彼自私自利之为，则亦并不知有婚戚，更乌知有王。纵有婚戚之请救，又何难以魏王辞，即王与以符使之救，又何难以婚戚谢也。然吾以信陵为平原，正以为赵，为赵正以为六国，为六国正以为魏也。幸而战胜，信陵之威望好谋而能成，料敌以致胜，不幸战败，纵抵于亡，则信陵亦燕太子丹之流乎，此心亦足以对越于祖宗矣，而何不可以谢魏王也。唐子曰：「窃符之计，盖出于侯生，而如姬成之也。侯生教公子以窃符，如姬为公子窃符于卧内，是二人亦知有信陵，而不知有王也。」唐生以为「信陵之自为计，曷若以唇齿之势，激谏于王，不听，则以其欲死于秦师者，而死于魏王之前，王必悟矣。侯生为信陵计，曷若见魏王而说之救赵，不听，则以其欲死于信陵君者，而死于魏王之前，王亦必悟矣。如姬有意于报信陵，曷若乘王之隙，而日夜劝之救，不听，则以其欲为公子死者，而死于魏王之前，王亦必悟矣。」呜呼，魏王为秦所胁，其畏秦如虎，必不听公子之请兵而救赵也，亦审矣。即使信陵如唐子所云欲死于秦师者，而死于魏王之前，王必不悟。微独公子也，即以如姬之专房而宠，亦如所云，以其欲为公子死者，而死于魏王之前，王亦必不悟，而夷门监者又可知矣。吾故曰：此三说，皆不足以服信陵之心，而诛信陵以私也。彼二人者，魏之忠臣杰士也，侯生教公子以窃符，欲以报公子以救赵存魏，亦鲁仲连耻帝秦之心也，而非有所以为乎婚戚也。如姬虽恃宠，犯死而为信陵窃符，亦欲成公子以解赵难而纾魏厄，死公子实以死王，则已贤于荆卿，非有所以为乎婚戚也，而以视夫为孟尝君盗狐白裘之狗客索于孟尝君之幸姬何如矣。不然，如郑袖辈以与夫他国说士权臣私通以相奸者，又不一而足也。唐子责信陵知有婚姻之赵，不知有王，内则幸姬，外则邻国，贱则监门，又皆知有公子，不知有王，则是魏仅有一孤王耳，盖其君之若赘旒也久矣。呜呼！使魏无信陵，仅拥一孤王于上，无忠臣义士于下，吾恐不待有赵祸，秦用远交近攻之策，使武安君十万众不压邯郸境，不十日而傅于魏都矣，不待战而魏墟矣，虽欲仅有一孤王，胡可得也？唐子曰，自世之衰，「有重相而无威君，有私仇而无义愤」，然吾正以信陵能激义愤如私仇，魏虽无威君，而犹幸有重相，尚可以为国，以视后世之以猜忌牵掣待其相，为之相者，徒有虚名，实不能有所为，寖假内而妇侍弄其柄，外而奸人窃其权，上下相蒙，狼狈以鬻国者，不犹少愈也耶？虽然，以吾论之，兵符既藏于王之卧内，信陵知请于王不可得，而径谋之于如姬；如姬知请之于王王必不与，而径窃之以与信陵，若以正义责之，乌云无罪哉？孔子曰：观过，斯知仁矣。观其罪而知其功，其功诚伟；观其功而始知其罪，其罪可原。信陵不知有王，而知有魏；彼二人不知有王，而亦知有公子之魏。魏所以岿然独存，公子之罪，亦公子之功也。公子之功，亦彼二人之功也。魏存故赵存，赵存六国存，六国存则横不能成，横不成则从可合，从可合而秦可图也。他公子皆如信陵，当时天下，可无暴秦之祸；后世天下，亦不受暴秦之殃矣。吾不知唐子何厚于暴秦，而何薄于赵魏六国，何宽于他公子奸人亡命，而独苛于信陵如姬侯生也？吾又以为，内有贤姬而不能谏，外有良相而不能任，有义民而不能用，而使之自用以互用以翊乎王，则王之国之存者，幸也。有王犹之无王也，亦王之罪也。况王处心甘为之臣妾，而以千里畏乎人，斯亦魏王之耻耳。然魏终公子之世，而秦不敢一加兵，则公子知有婚戚而不知有王之功，亦公子之大有造于魏也。陆士衡曰：「立功之路匪一，立德之基有常」，唐子乃欲以庸常之行，而绳功名豪杰之士哉！

师友绪余引

孔子曰：「三人行必有我师焉。」孟子曰：「予私淑诸人也。」扬雄曰：「务学莫如务求师」，故陆子亦亟称之。夫以圣人之才之智，尚不敢自是而不师于人，况常人哉！今之君子则不然，往往耻于师人，而好为人师，顾其才其智，宁独超越于圣人之上乎哉，抑以圣人为不足法耶？费惠公曰：「吾于子思则师之，吾于颜般则友之。」记曰：「以文会友，以友辅仁」，「友其士之仁者」，「友直、友谅、友多闻」，「友天下之善士」，「毋友不如己者」，非此者则不得谓之友矣。是故人而无师友，则伦理末由能明，而伦理亦殆几乎绝。缅先圣之绪言，服后贤之余论，岂仅在韦弦之佩、琼琚之导而已哉？因略检箧衍所存往时师友赠答之作，裒为一集，虽一字之寡，千言之富，亦都存而录之，名曰师友绪余，志不忘也。惜初懵学，于其绪余，亦未之能有得焉耳。光绪已亥中春吴保初识。

与陈诗笺已亥

杂书近作一二，寄斧正。走近游踪颇无定，一时恐尚不复入□耳。子言诗兄，保初顿首。拙作数首望录下，原稿勿存。

【按】此笺据作者手迹影印件辑录。

许君男哀辞有序

呜呼，国家甲午之役，死难者不下数十万人，此固庙堂之失策，抑亦死者之命宜尔耶？彼其遭锋镝、罹水火之惨，诚有耳不忍闻、目不忍睹者，至亲骨肉，生无相见，死无相吊，抑何天之残酷不仁乃尔耶！时则余方孑身游京师，踽踽凉凉，出入空馆，客邸感疾，偃息呻吟。友人劝纳一姬，侍医药；且妻病，久不育，即愈，为子息计，亦宜尔。

维时国家有倭患，人心皇皇，南人从宦辇下，挈眷去者数千家，其间售衣物，减婢媪，以轻行李者，又所在多有。许君男，北产也。年六岁，为匪人劫置车中，持刀矛夜行昼伏，逾数十百里抵京师，鬻李侍郎家。侍郎家属归广州，姬年十四，以为累，遂归余。余初与友戏曰，北人好旗装，异日买妾，命名当曰「君男」。及姬来归，诘其名，曰君男，余甚怪之。盖实名金兰，音相似耳，遂以「君男」名。时同客京师者，合肥张君子开、江君潜之、通州张君季直，各以诗词贺。

呜呼，曾几何时，而姬之来吾家已六年矣，姬既髫龄孤露，所谓无告之穷民，古圣王发政施仁哀矜之所先及者，然既来吾家，则吾家人矣。上见怜于老亲，中见容于嫡妇，乃胡以摧伤抑郁，反甚于未来归时。素患湿，医者谓在女子难孕育，姬闻之益戚曰：「女子不孕，毋宁死！」有所苦，但饮泣，终不一言。服勤守俭，虽一切人皆务下之。久之，肝肠俱裂，呕血盈盆，始为之求医，药补泻，投罔一效，而疾不可为矣。盖自去春至今日，病二年，服药二百余剂，未尝不极人间久病之苦，兀坐四十余日，而终抵于死亡，良可悲矣！时光绪二十五年五月初十日辰时也。距生于光绪七年四月十六日子时，才十九岁耳。呜呼，何命之促耶！

追维甲午，姬来归时，余四壁外无他物，兼之倭氛正恶，警报日至，余与姬日夜听风雨坐危城中，椎髻牛衣，相对涕泣，则真所谓同患难共贫贱之人，而孰料其竟以患难贫贱终哉！此余所以不能不悲也。虽然，患难人所时有，富贵贫贱，生死寿夭，亦何常之有哉？语云：「无求于人谓之富，不辱于人谓之贵」。又云：「有道之为富，有德之为贵。」苟如此，则虽世俗之所谓位尊而多金者，亦直谓之至贫极贱耳，况又有为富不仁者耶！窃尝论之，天既爱重于是人，必先予以饥困劳苦，而后始降大任，其所憎恶者，则反升以富贵福泽，天何厚于其所憎恶，而薄于其所爱重若是哉！若余者，既不为天下之所憎恶，复不为天下之所爱重，劳苦饥困何为哉？而况其为弱女子耶！而况弱女子不幸为人姬妾，而群相摧残刬劘，以至于死耶！

姬来未几，署中报余补刑部，余因前出数缺皆未就，犹豫未决。姬曰：「知君志科目，然觊区区不可必得之数，而顾以孤君恩，窃为君不取也」。于是，因检平日所为科目文字及卷折等，悉付一炬，令姬瘗之老墙阴下。姬长跽贺曰：「君此后当益务显扬之大者，以报君亲，则君之志遂矣，君益勉乎哉。」时，廉俸所入甚微，又扣戍塞倭款，故资用乏绝。姬乃日典其簪珥衣物，以供无米之炊，或忍饥累日不食，未尝出怨言。姬虽稚幼，勇于为善，举止端重如成人，不苟言笑，见人能为之事已不能为，辄自力苦学，务底于成而后已，其好胜自强类如此。平居虽极褴褛，与亲友眷属之豪奢者处，未尝以不若人为憾，盖其能甘贫守分又如此。虽余读书明理，自顾不及也。汤文清谓士惟忍于饥寒之苦，而后能存节义之闲，西山所以有饿夫也，孰料弱女子而亦能知此耶！

一日，余自署归，姬曰：「今何宴？得毋有冤狱耶！」余曰：「有封事如获上，将冒斧锧死。」姬忽泣曰：「吾昨见君起稿时，振笔疾书，既达旦，犹不休，心顾窃有疑，今果然耶！天子圣明，其果降祸于小臣耶！」夜间焚香告天，百叩而私祝，余见而叱之，泪应声落曰：「君日日劳王事，亦可谓尽厥职矣；若更以进言获严谴，妾将何依？」既而曰：「君果能死国，妾独不能死君耶！」奏既未获上，姬亟劝余归里养亲，余时宦情方隆，有难色。姬曰：「妾苟能侍堂上一日养，死无憾！况君为朝廷所旌孝子者耶！」于是，遂以丁酉冬辞职携姬归。老母喜饲蚕，姬日夜视蚕，焚香私祝曰：「汝无病，吾宁代汝病；汝无死，吾宁代汝死。」既而，蚕日盛，无一僵毙者，盖一诚所感如此，呜呼，孰谓蚕以姬不死而姬竟死耶！

丁酉，余在京，先后数月内，迭闻吾姐妹之丧，姬未尝一谋面，但闻其贤其病其死之惨，日夜哭泣，愿身代。呜呼，孰谓吾姐妹既惨死，而欲代其死者又死耶！姬始而勖余死国，继又代余事亲，既勤且俭且孝谨，姬诚不惜为余死，则姬诚为余死矣。余之所以事亲与所以死国者顾如是，异日何以见吾姬于地下乎？此姬素日匡余之大者。其他细者，可不必言。姬既为余死，其他千磨万折又不必言！昔人云：「死生有命」，「死生亦大矣」，而姬之生死顾如此，而谓吾能已于恸耶！虽然，向者庙堂一日之疏，死者且数十万，余能言庙堂之疏，余独昧于己之疏而致姬以死，然则平日宏誓大愿，欲以普济众生者，若是之疏，而尚足恃乎？余不敢复言天下事矣。

姬没之前一夕，语余曰：「妾得侍君死，何憾！妾之孤苦，妾不言，君能知之耶？

妾命薄耳。妾死后，君毋悲！妾虽死，不足惜，独惜君之厚于妾，妾不能侍君以终耳。」顾视衣裳曰：「妾服此遂长辞君去耶！」哭无泪，泪已竭。无何，去衣所新衣，复自觅平日所服之青布衣。甫易毕，即长逝。呜呼，死犹自克俭，畏人言。服旧服以死，亦余之疏也。余虽令媪急更衣，然已非姬志，姬亦不及见矣。悲哉！

姬死后，乡邻闻者，莫不扼腕叹息。呜呼，贤矣！既殓，余为卜葬于北山楼畔之栖凤原，岁时一奠，使姬魂有依。其词曰：

魂兮魂兮，其有知兮，其无知兮？谓有知兮，阴阳间之，而不能同吾栖矣！谓无知兮，纷涕泗之横集，羌畴谂余之悲矣！余之悲，有时竭；尔之恨，无时衰矣！夫孰为汝之故土，姑栖此以长睎兮！百年曾不一瞬，吾将偕汝遨嬉兮！呜呼哀哉！

宏济桥铭 并序

光绪戊戌秋，邑南之沙溪桥，为蛟水冲塌，行旅病焉。于是，吾兄子恒闻之，将鸠工重建。时李君在坐。李君者，合肥相国侄，名经钰，固勇于为义者也。慨然捐金，独任斯役。遂于某日开工，某日告竣，凡用钱八十万。孙君学书副戎实董其事，风雨杂沓，昕宵劳瘁。既落成，乡人父老，走相忭贺，咸嘉孙君之勤，而归美于吾兄。吾曰：父老之意诚善，然李君功德，胡可没也。且兹桥之建，李君辞勿立石题名。余惟其济人宜书，施而不德又宜书，且不书何以慰乡人之思哉？遂伐石作铭，以告来者。桥名宏济，赞李君也。铭曰：

滔滔庐江，水经著闻；桥临孔道，沙溪之渍。鲸波浩浩，蛟水沄沄。桥梁崩圮，行者逡逡。顾瞻彼岸，畴度迷津；大川利涉，岂无其人？相国之侄，时曰李君，与闻兹事，慨焉而兴；捐金独任，伐石重新。乘车溱洧，子产惠人；宏济天下，当如是云。

请还政疏

刑部主事吴保初谨呈：为请归政以定人心而延国命呈恳代奏圣鉴事。

窃臣待罪辇下，十有余年，目击国家甲午之变，创巨痛深，朝廷力图自强，旰食宵衣，日不暇给，而臣窃窥在廷诸臣泄沓依然，因循如故。臣不揣愚贱，前曾披沥上书，略言为政之要，在于人君躬率天下，而后可以易危为安，转乱致治。臣堂官刚毅抑不上陈，臣以去就与争，遂以省亲假归。迩来忽忽又三年矣。当假归时，臣堂官誉臣以清高，同列称臣以恬退，然臣本意非欲博清高恬退之名，盖窃冀区区愚虑，上达朝廷，收千虑一得之效，以报之于我皇上也。臣闻匹夫之言，圣人择焉，况臣之累世受恩，臣之休戚，实与我国家安危共之者乎？臣言既未上达，则臣虽归里，臣之心终未白，臣之恩终未报也。未几，乃闻戊戌八月之事，中外震骇，人心皇皇，展转至今，群疑未解。

臣今日复来阙下，敢请毕一言以就诛，敢以蝼蚁之命，试雷霆之威，正以报我皇太后、皇上生成之恩。

伏念我皇上，中兴之圣主也，戊戌变法虽不敢谓无遗议，然经皇太后训政以来，亦既尽善尽美矣。伾文放流，以厌亲贤之望，嗣君悔过，方深怨艾之心。皇太后今日亦可窥见皇上至孝全顺之心矣。朋党既除，庶政如故，臣之愚见，窃以为此时皇太后当归政皇上，示天下以无私。盖向者皇太后尝训政矣，皇上春秋既富，遂退而颐养于深宫；今舍颐养之逸，而复亲训政之劳者，盖出于不得已也。训政一年，万几就理，则复退而颐养于深宫，如此则四海九州咸仰皇太后之慈圣宽仁，皇上之至孝至顺，列祖列宗在天之灵，实嘉赖之，普天率士臣子之心，实仰戴之，播诸四夷，传诸史策，孰不以为美谈。乃迟之又久，皇上未报大安，道路之言，何所不至？洋报之论，又加甚焉。而于是幽禁、废立、内禅诸不根之说起，以皇太后之慈圣宽仁，皇上之至孝至顺，其万万无洋报所疑之事，不问可知。但皇上一日不亲政，则外间谣言一日不息，而外夷乘机挟制之心，乃反藉以为口实。夫归政则福祚如彼，不归政则危祸如此，臣虽至愚，固知皇太后之必不出此也。臣之来，不敢盗清高恬退之虚名，而实不忍见外夷陵逼之祸，是以敢冒死上言。但使臣言有万一之可行，则虽死之日，犹生之年，臣不胜激切之心，谨具疏以闻，伏乞皇太后、皇上圣鉴。谨请代奏。

上合肥相国书 庚子

自顷政府肇乱，勾起拳匪，犯众国之怒，有所不恤，动天下之兵，不以为惧，斯有然矣。等是民也，而有教民、拳民之异。有民不教，外教乘之，天下于是乎有教民；然则教民者，固明明支那之良民也。有民不教，奸民乘之，教以作乱，政府之所谓拳民；然则拳民者，固明明支那之乱民也。拳民仇教，杀害教民，政府不为理，而拳民之焰炽。及至戕杀西人，焚毁国家铁路电线，人血满地，疆臣联章请剿拳匪，以弭祸乱，而政府不但不以为乱民，反褒之曰义民。利民之愚而用之，欲籍以驱逐各国，杀尽西人，行闭关锁港之计。列强耽耽，狡焉思启，独无可乘之隙耳。今既乱民滋蔓难图，外兵蝉联而入，于是旬月之间，麇于辇下者，匪则有义和团、大刀会、红灯照、八卦教；兵则有虎神营、神机营、甘军武卫各军；外兵则有英、俄、德、法、美、日、奥、义诸国之师。日前大沽已开战矣，租界已糜烂矣，驯至九庙灰飞，家亡国破，犹复执迷不悟，彼政府方且忻然，以为得心应手，莫此为快者。

乃者中堂内召，保初深为中堂虑之。中堂好西法之名，久已传播中外，此次以孑身蹈不测之险地，既幸免于政府，恐不免于拳民，即幸免于拳民，恐亦不免于甘军矣。中堂此行，能以三寸之舌，却九民之师，为城下之盟，缓瓜分之局，欲延小朝廷旦夕之命，必与各国议和，必且先剿拳匪。保初以为议和非中堂不可，亦非中堂所难，所难者在剿匪耳；剿匪亦非所难，所难者在速斩匪首，解散乱民耳。匪首为谁？今日政府端刚董赵诸人是也。匪首不诛，徒杀无知愚民无济也。然则，诛匪首非挈重兵入卫，拥护两宫，使无意外之变，速斩端刚诸人，数其误国之罪，以谢天下，则拳匪可以不剿自平，各国之师亦必逡巡而退，堂堂正正，措天下于磐石之安，不然，恐三百年宗社一旦灭亡，四万万人民尽罹水火，拳匪将日众一日，恐合支那蠢蠢欲动之愚民，虽张八万万空拳，亦不足以当克虏伯之巨炮矣。惟中堂速图之。宗社幸甚！天下幸甚！五月二十六日，吴保初百拜上书。

与东抚书

蔚廷仁兄中丞节下：自顷奸回肇乱，引匪为援，犯众国之怒有所不恤，动天下之兵不以为惧。三百年宗社将蹙之灭亡，四万万人民尽驱之水火。日前大沽已开战矣，天津已糜烂矣，日书记德公使已被杀矣，且复告庙誓师，大张挞伐，衅端既成，各国亦未必甘心罢手，征兵调舰，警电纷驰，虽传闻异辞，要非无因，而至存亡之机，间不容发。节下手握重兵，乘时观变，聊固吾圉，计非不宜，且阻遏拳匪南下，不令越雷池一步，保障东南半壁，所关良亦非细。然节下世受国恩，似未便坐观成败，亦宜相时而动，力图挽救之策矣。我皇上圣明英武，中外爱戴，历有年所，岂非吾辈所共事之圣主耶？自宵人窃柄，国是日非，祸阶之厉，至于此极！山东逼近京畿，节下勤王之师，不难朝发夕至。所谓拳匪者，不过一二妖言邪术，上以荧惑宫廷，中以愚弄政府，下以煽动乱民，日肆披猖，一唱百和。彼政府利民之愚而用之，驱之弹烟炮雨之中，残酷不仁亦甚矣。

论者谓拳匪宜剿而不宜抚，各国不宜战而宜和，斯固然矣。以保初论之，皆非当务之急。今日急务，首在勤王，速诛君侧之小人，复皇上之大位，还我圣君，速行新政，或有重睹天日之一日。节下于此时亦可以建不世之伟业，谢五洲之责言，内之不难解散拳匪乌合之众，外之亦足拱手而却九国之师。返日于虞渊，起鼎于泗水，义声将震于全球，勋名必迈于曾左，靖难之谋，莫善于此。今天下所属望者，独节下一人耳。若再迟迴，大事去矣！万一不讳，祸起宫廷，悔之无及，节下又将何如哉？

或谓节下所虑，在倾国出师，则拳匪将蔓延东省，以攻吾所必救耳，然以节制之师，当啸聚之众，势如沃雪，本无待空吾所有以御之也。若四分部曲，以三分北征，以一分留守，外则与胶州德军联络而引为声援，内则与鹿李二师委蛇而无使煽动，何患拳匪乘虚哉？且东省本拳匪所自起，揭竿之寇，用在趋利，一旦归圹，未有不败。往者洪杨初起，实在广东，卒之歼灭净尽，亦在广东，举此成事，知拳匪之必不能蔓延东省也。抑更有言者，近日各疆臣已不奉朝廷诏旨，似已显背政府，与其藉彼辈口实，何若明示去就，申大义于天下？弟知节下夙怀壮志，又何惮而不为哉！不然，专以保守疆土为言，彼政府一日不倒，恐诸君未必能安其位；政府即倒，无君不国，徒为西人保守疆土，亦未必能安其位。谋国不臧，恐自谋亦拙矣。惟节下速图之。社稷幸甚！天下幸甚！忝在至交，不罪狂瞽。

【按】蔚廷即袁世凯。

送馆森子渐归日本序辛丑

向者吾友章绛游日本归，语余曰：「日本有能文章深得桐城家法者，莫馆森若也。」余中心藏之。意者他日东游，或可一亲其謦欬。乃未几有山根虎臣持吾友宋恕书来访，虎臣，诗人也，以诗见质，笔谈良久而别。余尚未及走答，忽又携其至友来叩余门，询姓字，则曰：「鄙人馆森鸿子渐也，鸿慕中国圣人之道，愿有以启余！」余谛玩其笔札古雅，而已知为赜学能文之士矣。乃以岁暮病卧，人事都废，亦遂未及走答。而子渐复偕虎臣来，云数日且归国，愿得一言志别，且以所著拙存园文稿求是正。余取而读之，慨然叹曰：余支那鄙人也，他日未尝学问，乌足以测君之所学，而并副君之来意哉？虽然，鄙人幼而失学，游宦京师，然数从诸老先生游，所交多海内能文之士，欲求得卓然名家，能入古人堂奥，所谓文以载道，能于以见吾圣人之道者，恒不数数遘也。

今闻子渐之名，而何幸得见其人而复读其文，然后叹向者吾友之不吾欺，益叹子渐之文，所谓卓然名家能入古人堂奥者非欤？何其无戾于吾圣人之道也。呜乎！国家自以制艺取士，士之干荣禄豢势利，亦往往束书不读，而文章之事视若弁髦也久矣。盖举世不为，故宗风顿绝，间有治宋学者诋汉学，治程朱者诋陆王，然此已落落如晨星之稀矣，而况殚精竭虑，求所谓圣人之道而一发之于文章如我馆森子渐者乎？此吾尤不能不慨焉兴叹而复继之以悲也。

子渐行矣，闻不日幅巾将重戾支那，意者子渐或有以启吾支那之昒昧，是鄙人夙为支那悲，斯又不能不为吾支那幸也。昔康成入扶风之室，三年不得见，及其归曰：郑生今去，吾道东矣。今子渐归去。虽谓吾圣人之道，亦与之俱东，可也。尚其毋以支那学人之学语东人，则又不仅鄙人之幸也已。

阻中俄密约说

呜呼痛哉！今日之中国，尚得谓之为国哉。他不具论，即以中俄密约之事论之，呼吸存亡。间不容发，佥谓俄约既成，各国援例而起，利益均沾，则瓜分之局立成，小之有覆国丧家之忧，大之有亡种圮族之祸，此人人能知之，人人人能言之者也。

夫俄之经营东亚，阴谋中国，百数十年以来矣。夫外交政策，深情厚貌，使人堕其今寿山陷阱，阴施其贪婪无厌之手段。往者崇厚懵于疆域，贸然割二千里之地以畀俄，而犹须订无端开衅，为虎作伥，俄既以兵力取我东三省，是东三省已入于俄人之手矣，况立密约者，亦不过市恩于我，而间执各国之口耳。兼弱攻昧，取乱侮亡，理有固然，此俄约之必不肯发难自我，所谓天与则取，且非独天与，实由人与，亦天下莫不与也。作废，有断然者，各国又孰能从而议其后哉？

往者中东之战，各国袖手，俄独慨然仗义，索还辽东，举朝皆以俄为可恃。索还侵地，旋为俄有，彼党俄大臣岂真安其危而利其菑、乐其所以亡耶！以为非如此，不克偷安目前，初未料及速其亡也。今者与之议和，非议和也；既不敢出于战，亦何和之足云？直不啻为中国签立送契耳。然不敢言战，或可以乞援各国，各国利害相关，必有仗义执言出而干预者；言之无济，必有代为之战者，合力以图，俄约不难废也。虽然，吾将望之日本乎？日本外强中干，地小势微，能胜而不能负，未敢轻言于战也。将望之德国乎？德国素主瓜分中国者也。将望之法国乎？法新联俄，必不肯轻失奥援也。将望之英国乎？英国暮气已深，脱兰斯弗之事至今尚未得手，且又欲得我长江者也。将望之美国乎？徒以空言解纷，俄必未俯首听命也。总之，中国不能自立，无论何国，均未可恃。倚俄以拒各国，终见灭如波兰；倚各国以拒俄，亦将墟为五印。为今日计，然则奈何？惟以死力抵拒，不签押而已，此全权所应有之权者也。

不签押，其曲在彼而不在我，各国或有旁观不平出面干预者，未可知也。譬如弱者与强者斗，强者既胜，执弱者而杀之，可也。使强者不欲居杀弱者之名，迫弱者之自杀，弱者遂惟命之从，则旁观者亦谓弱者之自杀与强者无与也。今弱者既引颈受戮，犹不能免矣，必听强者之命自戕以谢之，亦毋乃大谬矣乎？我不肯自戕，则人或有怜其愚而哀其弱，出而营救者，或有鉴于俄之残暴，藉以自救而救我者，亦未可知也。若犹未敢深恃，宁将东三省开通，许各国通商立埠，作公共保护之地，不犹较胜于所谓中俄之密约也耶！则俄约可不废而废矣。若使俄约必成，吾恐亡中国者，非各国也，俄也。瓜分中国者，非各国也，俄也。吾进而论之，亡中国者，非俄也，非各国也，中国也。速瓜分中国者，非俄也，非各国也，中国也。若其所以自召灭亡之道，不暇殚述。要之，盖为数十年以来矣。呜呼！

呈政务处代奏吁请归政疏壬寅正月

为吁请归政以安人心而延国命，敬恳代奏，仰祈圣鉴事。窃维庚子之乱，为我中国四千年未有之奇祸，赔款至四百五十兆两，九庙震惊，生灵涂炭，乘舆播越，宗社几危，当皇太后、皇上仓卒西幸之时，又安知复有今日也！创巨痛深，国势岌岌，已早在我皇太后、皇上圣明洞鉴之中，然小臣犹有不能已于言者，敬为我皇太后、皇上披沥陈之。

溯自戊戌训政以来，母慈子孝，天下共知。然当时外间犹有幽禁废立之谣。迩来事势急，列强耽耽，不可终日，臣亦知今后朝廷慎固邦交，断不致再有庚子之事。然而民智未开，教养未得其道，朝廷虽明谕迭颁，力行新政，窃窥诸臣所为，除搜括外无新猷，是上以诚求，而下以伪应，又岂朝廷所及料耶。况今大难初平，元气凋丧，西北之族既饱于虎狼，东南之民又沦于鱼鳖，若再任听诸臣恣情敲扑，诚恐一旦内讧遽作，外患乘之，消息甚微，所关甚大，皇太后不为天下万世计，独不为宗社及一身计乎？小臣追维前岁之乱，痛定思痛，犹赖我皇太后从善如流，诛窜祸首，宸衷独断，反危为安耳。

夫当祸乱交作之时，外人犹未遽分我土地，国内人心犹未遽离者，以有我皇上在也。我皇上仁孝英明，中外爱戴，历有年所。徒以圣躬不豫，皇太后出而训政，于是谬妄之徒，意存窥测，奸宗则觊觎神器，险人则迁怒邻交，衅起忽微，祸延全国，在皇太后初意本欲调护圣躬，不意遽至此变，此皆日月之过。传曰，君子之过，如日月之蚀。过也人皆见之，及其改也，人皆仰之，不其然乎！我皇上罪已之诏屡下，善则归亲，过则归已。天下读之，莫不感动涕泣，皇太后今日亦可默亮我皇上至孝至顺之心矣。又伏读慈谕，既曰「母子一心」，足见宫廷之间，毫无隔阂，自宜及时归政，以安天下之人心，回列强之观听。况我皇上春秋鼎盛，圣躬久报大安，皇太后时值倦勤，万机亲理，宵衣旰食，舍逸就劳，推皇上孝养之心，必不能安。犹记同治初年，华洋俶扰，祸及京津，宗社之危，有如累卵，知皇太后知人善任，克集大勋，中兴之隆，振古无比。及穆宗毅皇帝既离保傅，撤帘归政，成功不居。我皇上冲龄践祚，皇太后保护提撕，已非一日，今者事势虽殊，而忧劳犹昔，岂宜复殚睿虑，腒腊自安？加之銮驭初回，长涂况瘁，亦宜安居深宫，藉资颐养，万寿山之风景依然，颐和园之花鸟无恙，湖山钟鼓，暮景堪娱。如此，播之九州，传诸史册，孰不引为美谈？皇太后试一询之廷臣，若犹以此事为可缓者，必其私心未化，自便己图，非我列圣之臣子也。臣愚以为今当迴銮伊始，重奠邦基，亟宜先举归政大典，然后敷设新政，中兴之功，庶几可待。我皇上柔顺文明，必能先意承志，曲体亲心，断不致有负慈恩，致为盛德之累。窃愿皇太后宸衷独断，毅然行之。

窃思庚子之变，皇上盛德实为薄海内外人心所归向，故大学士李鸿章奉命议和，得以和平了结，今者重臣既丧，专对无人，南省诸藩，自顾不给，万一再有变端，孰能收拾？平阳之痛、五国之悲，恐必有剧于前日者。夫归政则福祚如此，不归政则危祸如彼，臣虽至愚，亦知我皇太后必不舍安荣而就危辱。总之，亲政巨典一日不行，则外间闲言一日难靖，即邦本一日不安，而昧于时势妄事揣测之臣工，犹有以广立储为请者，荛言荧惑，臣窃忧之！方今圣明在上，左右维贤，匡直辅翼之大计，岂必待疏逖卑贱之小臣？惟大臣隐忍而不言，斯小臣不得不冒死以抗奏。抑臣闻之：「天下兴亡，匹夫有责」，又闻「狂夫之言，圣人择焉」，况臣世受国恩，臣之休戚，实与我国家安危共之者乎？但使臣言有万一可行，虽死之日，犹生之年，臣不胜激切之情！谨恭折以闻，伏乞皇太后皇上圣鉴。谨请代奏。

与陈诗笺丁未

曾刚甫诗大进，词亦绝佳，然不轻于示人。朝士风雅，未为无人。君能一入宝山，必不空手。但仆则自甘放弃；然犹不免见猎心喜，时一触发痼疾耳。书至此，忽接季直八月间所寄缄，龙蛇满纸，使人神为一王望之，足下如云中白鹤回翔天际矣。保初再拜，子言足下。柴桑游斜川日。

【按】此笺据作者手迹影印件辑录。

附录一

序跋

未焚草自序

吴保初

嗟乎！保初不祥人也。年十五，先君子自朝鲜提兵内渡，明年，遂弃养金州，维时法、越方构难，崎岖烽火，保初奉拜先榇归田里。既猥荷朝廷特恩，拜任子入京师，得待罪辇下，忽忽且壮，于学仍一无所窥。顾性耽吟咏，又不皇暇求之古人，而人事促促，南北奔走，偶有所作，譬小儿学语，犹未成音，故随手抛掷，无复省录。

窃以诗之为技，即能偶臻极诣，亦等之飞埃野马，飘灭于天地之中，况诗又本不足存耶！不足存而曷为存之？惟自念生平，赋性迂戆，哀乐特过于人，然则是区区者，又保初诗痴之符、哀时之泪也，故有不忍尽弃耳。今以乞养多暇，因检先人遗书数十万卷，取所亟欲读者，方将终身浼焉孜孜从事，而侧身北睇，则浊流滔天，舣棹南归，复赤旱千里，况君辱于上，臣死于下，道有豺虎，民无盖藏，环视吾兄弟疾痛颠连，哀号莫诉，又不知能有此从容弦诵时否也。

虽然，青霭朱霞，山间之朝暮也；闲鸥野鹤，湖上之故人也。山水方滋，忍此须臾，则保初之诗，其或从此稍进乎？抑亦可以已矣乎！用敢排印一二，聊代钞胥，邮寄当世君子，以取质焉；倘进而教之，是所忻慕也已。保初自识。

拙作寥寥无自可者，然每就正海内名公，往往谬为推许，稍有足取，罔不密加圈置，今概难排印，只存评语数则，出见西施而效颦，匪不自知其貌陋，欲更有以请益耳。夫意气不足以孤行，而后思有所附丽，故不得不借重于当代名卿巨公，苟有一言相假，遂斤斤自喜，惟恐天下不遍知，欲以弋时誉而诬来叶，凡所命意，有异于斯。噫，余今兹春秋百八十甲子矣，友人佥谋刊刻余诗以寿余，余谢曰：「乌用寿为？余生斯年而诗获纪不及是，余既不能自寿其诗，诗又乌足以寿余哉！且余过此之年未可量，而诗之寿亦可预卜其不骤永也。」盖余自髫年失学，既复屡婴家难，不克专力诗书，故其诗难成，即成矣，又或幸而能传于后，而其人或又不足以副其实，虽其寿不啻其夭也，矧能寿世而并寿于世耶？光绪戊戌长至日再记于北山楼。

【按】未焚草自序暨北山楼集自序、北山楼集题记，其自述学诗经历与论诗主张，与本集卷首所载自序一、自序二基本相同。为便于了解作者诗集编辑、刊行的演变情况，特将此三篇文章集中附录于此。

北山楼集自序

吴保初

吾家北山楼，曾文正公开府江南时贻金为先君子所筑，即先大父京卿公所尝讲学近思轩旧址也。保初自幼读书其中，壁间有何子贞太史为题额一幅并跋尾，阐发先君子之心迹甚悉。厥后奔走人事，与此楼日益疏，十数年来，始得解组言归。山居多暇，因略检楼中所贮典籍，大都已稍稍散佚，今所存者，只四万余卷，而壁间何先生题额，亦不可复见矣。稚圭无恙，猿鹤笑人，回忆儿时游钓之处，几如隔世。虽遗经尚在，而于学仍一无所窥，区区之作，又不能略得古人途径，吁足愧矣。顾旧时知好，不忍弃置，日有索观，用敢排印一二，以代钞胥，籍就正有道君子焉。光绪己亥仲春保初自识。

北山楼集题记

吴保初

余幼既失学，他日未尝学问，然赋性迂缪，故哀乐恒过于人，性之所发，往往失之于偏；触哀怨则不免愓愤，溺和乐则又流于淫哇，即日有所作，亦安敢妄希古人哉？书曰：「诗言志，歌永言」，此大舜之论诗也。言者，心之声也。故曰，「不学诗，无以言」，「诗三百，一言以蔽之」。「关雎乐而不淫，哀而不伤」，「可以兴，可以观，可以群，可以怨，迩之事父，远之事君」，「王者之迹熄而诗亡，」呜呼，此圣门之论诗也。太史公传屈原而哀其志，亦曰「国风好色而不淫，小雅怨悱而不乱」，古人往矣，风雅犹存。今人种种，而诗之亡也久矣。睪然高望，继三百篇而后，则亦惟陶柴桑，其庶几耳！君遂妄论及之，并记于此。

北山楼集序

张文运

余不能诗，然好读古人之诗。每即古人之言，以想见古人之胸次。久之，间亦有作，然观之辄自惭。盖无古人之胸次，而欲为古人之诗，譬犹水之无源，木之无本，求其泓演而茂遂，岂可得哉！因是辍不复作，以为吾亦惟读古人之诗已耳；又以为天下之大，岂无具古人之胸次，而能为古人之诗者？苟有其人，吾得而谈之，好之，是亦犹之古人之诗也。昔秦誓之「一个于」臣「人之有技，若已有之，」好「人之彦圣，不啻自其口出」。卒之「能保子孙黎明」，而不以「无他技詘」也。余好古人之诗，今人有似古人之诗者，余又知好之，其所得不既多乎哉！又何必真自我出，然后为慊于志哉？

吴君彦复以先荫补官刑部，勘狱必尽心，不以权贵之属托而曲法以出入人。既又上万言书，言时事朝政，多仳人所讳言者，大僚抑不达，遂辞官归，不肯默以求容，此所谓具古人之胸次者非耶？君素工诗，至是哀其前后所作为未焚草，又就其中取若干首，半多感事忧时之言，以为此编，名曰北山楼集。余读之清怨感人，渊衷如揭，盖真所谓古人之诗也，具古人之胸次者也，继自今又将读而好之矣。然则虽终吾生不作诗可也。光绪己亥二月淝上张文运。

未焚草弁言

陈澹然

人得天地之气以生，必有深得于天地之心，乃能无悖于天地之气，屈之骚，陶之诗，庄马韩苏之文章，皆所谓得于天地之心者也。而其心亦遂亘天地而不可澌灭。后世君子不知求天地之心以为心，而猥以诗文自好。呜乎！此后世之所以无诗文也。吾友君遂，癖于诗，吾尝悲之，然而其诗凝然泊然，一以性情为宗，不务为炳炳烺烺，所谓得于天地之心者非欤？何其无悖于天地之气也。虽然，窃有进焉：大丈夫不能笞兵万里，为国家捍大难，亦当执笏朝右，论列当世人物与民生利病，为国家谋长久远人策，岂惟是雍容俯仰与文人学士争一席之胜云尔哉！是故诗也者，穷愁不得志之人，借以激发其胸中磊块之气，而非激昂青云者所宜沉溺于其中也。君遂以为何如？

未焚草跋

王尚辰

取径既正，措词亦雅，不染近世恬俗之习。加以学术，炼以境遇，定可追步古人。余与君家三世交。记识君于髫龄，头角峥嵘，已有食牛之气。别来十余载，云沉雨绝，剑冷琴枯，南望治父，肝肠郁结。今老矣，屏迹尘嚣，闭门习静，忽来半刺，倒屣相迎，并出诗卷就质。泛览一过，眼为之明，神为之王，幸吾友之有令子，喜吾道之有干城，尤望勉修厥躬，仰承先志，勿第为文人以自画也。光绪癸巳四月望日谦斋王尚辰跋于遗园有天真室，时年六十有九。

北山楼集跋

宋　恕

君遂先生北山楼诗，五言古体，多似陶韦。其佳句如：「春风惠然来，草木日渐苏」。「读骚若有会，憔悴悲三闾」，尤得陶髓。如「久立露沾裳，荒园木叶下」，尤得韦髓。然如「缅希箕颍风，恐废君臣伦」，「夜夜望北斗，日日登南楼」，「丈夫七尺身，宁欲为诗囚」，则子建越石之遗音也。五言律体，多似少陵，其佳句如「高林过疏雨，飞鸟逐行云」，「死生原细事，忠孝几完人」，「江海几人去，行藏一叶身」，「亦有新亭泪，斯人贾谊才」，尤得杜髓。七言律体，意境尤高，其佳句起联如「滔滔江汉去何之，太息人生亦有涯」，「明主何曾弃不才，浩然欲去复徘徊」，「夜半荒鸡喔喔鸣，披衣起舞气纵横」；次联如「谁为天下奇男子，臣本高阳旧酒徒」；三联如「猛思沧海身如寄，起视南窗日已斜」，「且著闲情看落叶，难将幽恨托微波」；结联如「送君苦忆江南好，草长莺飞二月中」，皆直逼江西祖诸。然如「相逢阮籍开青眼，几辈冯唐已白头」，「樽空北海狂名在，社结东林壮志非」，「登楼犹自悲王粲，钩党微闻捕孔褒」，「载酒且过江总宅，披衣更上伯牙台，」则大历十子之遗音也。绝句如「霜露沾人衣，慎莫凭栏久」，悱恻至矣。如「荒村寂寂少人过」、「自起开门看雪山」，清峭乃尔。七言古体，似非所长，然如「纵不愿作八州督，亦应读破万卷书」，「惟虫能天各自遂，万物浩荡春风苏」，亦东坡之胜境也。盖先生以气节著，然发于仁爱之不能自已，与彼客气求名者异其源；好谈时务，然亦发于仁爱之不能自已，与彼趋时求利者异其源。呜呼！此诗之所以高欤！浙东宋恕。

北山楼诗续跋

陈诗

北山楼诗续一卷，乃余所辑吴北山师辛丑迄庚戌十年之逸稿也，以先生壬寅请归政疏附焉，又以先生辛丑夏所刊诗文集二卷列其前，都付石印，以成完璧。时维丁丑，龙战玄黄，两都颠复，遁迹沪市，幸而获全。皓首穷经，追维启迪，恩逾骨肉，每用蠹伤。展览遗文，音徽若接。附存家传，事实备详。先生辑有师友绪余暨所撰东行记，久已刊行，兹不复印。今以黄夫人诗及嗣君仲穗诗附于后，以成一家之言。集中如：「游蟋光阴闲里过，屠沽风味客中尝。」「满地江湖归短褐，乱思文字拨寒灰。」「终是直钩无所获，不如归去抱空山」。皆夫子自道也。长至寒冱，朔风撼窗，伸纸濡墨，和泪敬识。同邑门人陈诗跋。

北山楼集后序

夏敬观

右北山楼集三卷，吾友庐江吴彦复先生撰。先生尝自定诗文各一卷，刊于光绪辛丑。嗣是十有二年，先生殁，遗稿多散失。阅二十有四年，其门弟子陈君子言，始获搜集而补刊之，责序言于予。窃念予与先生订交，方丁庚子之乱，时海内有识士大夫，多侨聚沪渎，先生憔悴颓废，往往挟朋辈益就醇妇，放逸自晦。顾忧心如醉，偶及国是，抵几纵言，亢直痛切，闻者皆兴起愤慨。今座中诸人，大抵先后物故，惟予与子言在，则序其遗集，后死者不得辞其责也。

先生为诗，于唐喜韦苏州、柳子厚，于宋喜王荆公。为文规模两汉。自以任子官刑曹，惧负朝廷，惭先德，尝草陈时事疏，言人所不敢言，尚书刚毅览之，不悦，抑不得上。先生知事不可为，遂弃官南归。疏言变法自强，必人主奋发有为，毋与宫人宦寺为狎昵，以博奕演剧为戏乐，斯能近贤远佞，而权不下移。诸言变法者，徒胪举庶政，效法泰西强国，役役于彼而忘本，君心未正，主权下移，则贪墨者得因缘为奸，忠愤者或矫枉过正，驯至天下大乱。且曰，『权不在君，必移于其臣；权不在臣，必移于其民；权在不民，必将移之于外人；有权之国强，移权之国殃，无权之国亡』。痛哉斯言，岂惟当日之势然耶！先生固不及再见其言之不幸而中也，可胜叹哉！

先生与义宁陈伯严、浏阳谭复生、丰顺丁叔雅，并以文章气节见称于世，有四公子之目。复生死于戊戌政变，叔雅卒于宣统己酉，先生则亲见辛亥鼎革而后殁。伯严享大年，顷亦下世。气类澌灭，殆于斯尽矣。展诵是集，怃然有感于衷，因并记之。丁丑仲冬，新建夏敬观。

北山楼诗文集后序

长婿长沙章士钊撰

戊寅夏，吾违难南服，道出上海，得陈君子言搜集先外舅北山先生逸稿，并裒刻诗文合为一集，以吾不可无一言，示吾所作先生家传及序跋，令吾详其所略，作后序诸状则大喜，喜子言无负于本师，年逾七十，且勤勤惟董理师门遗稿是务，如此风义，岂今世人情所有！惟吾以舅甥之谊未后于师弟子，二十年来，鞅掌政事，数走海外，无暇为先生料简垂世行远之业，倘先生无高第弟子如子言，则其昂藏一世，身后可得不死而竟死者，伊谁之咎？嘻又可耻已。

忆癸卯、甲辰之交，东南士夫竟言革命，先生方罢政蛰居上海，与其贤豪长者游，屡以身家遮蔽国士章太炎、沈翔云之徒，使不为逻者所得，义声且出直声之右。时保皇之议，天下诟病，康梁至为僇人，太炎驳康有为一书，激者奉为经典，独先生以荫得官，又疏请西太后归政未久，逶迤椎埋之间，得其爱敬，太炎主先生家，以草上杜根书为帖标于门，见者翕然，一若天下不得言立宪，惟吴某言之无罪，然而先生之志则苦矣。由今思之，倘当时满廷开痦，以诚与天下相见，先生为之质剂其间，登崇俊良，确定邦宪，辛亥之变，未始不可幸免。后南北相持急，吾与胡汉民晤于南京，汉民犹从容言『彦复先生无恙乎？』此时天下，尚愿得一言为重矣，先生所系于民党之思，始终未懈如此。

然通观当年前后情事，满州颃然于上，党人僢驰于天下，先生既已左右无可着力，而与先生两世恩旧、情逾昆季之项城袁君，利用时局，帝制自为之阴谋左计，又使之中心隐痛，无从言说。于是，先生不得不病矣，不得不逃实归虚，而以风痹终矣，此近世心理学家所谓缘最少之线路而行者也。以身处乱世，志不得通，亲友化为虎狼，左右动见荆棘，病者私心自计，惟风痹犹得安神闺房之中，遂志梦寐之际也，吁可伤已！

吾年二十二游上海，主苏报馆笔墨事，苏报设学界风潮一栏，鼓动退学自吴稚晖始，在论说栏颂言排满鼓动革命自吾始。以馆主陈梦坡与先生有旧，吾因缘往谒先生于华安里寓庐，颇见接赏。间与文宴参游戏，陈伯严、夏穗卿、丁叔雅、蔡孑民、狄楚青、子言及吾咸在先生座间出小诗传观，偶及时事，辄太息唏嘘勿置，尤不满湖广张总督所为。总督与先武壮公有亲交，先生则为长书贻之，于彼显助牝朝，安戮志士，侃侃陈说，切中其弊。总督恚，寄语「非念旧谊，必取小狗命为偿」，语鄙俚不类荐绅先生，当世哗笑。先生所贻书连载苏报中凡三日，传诵天下，此为吾未到上海前事，坐客谈言及之，获闻其详。吾虽少年末班，时亦得相从上下议论，先生不以为忤。独惜吾夙不习诗，未尝请业，时亦汲汲当世之务，未遑及此。居无何，苏报案发，吾牵他案入狱，同志波及者十余人，太炎亦在狱中，狱内外营救佽助等事，先生均力任之。未几，吾所牵之案解，吾虽出狱，势不得不亡命，遂与先生别去。综吾平生在上海与先生委蛇外，计共蒯若木在南京二道高井宅中同谒一次，逾年，在东京四谷区其嗣仲穆寓斋参见一次。余在吾东西洋游学中不复与先生相闻。更越五载，吾挈妻子由英伦返国，而先生已卧病矣。

共和初年，南京适有兵变，先生因移寓上海，与吾夫妇同居，虽朝夕相见，而格于病势，又末由请益矣。一日，吾偕俞恪士先生谒先生卧榻旁，久久无语，俞乃问曰：「君识我乎？」先生努目急曰：「识之，佫士！」则大啸一声，如鹤之唳。俞先生怃然为间，不禁泪下。太炎为先生表墓，「杜门谢交游，有谒者辄瞠目作病狂状」等语，指此类也。呜乎！先生一生心事，俱在此一唳中写藏焉矣，诗中一句一字，举视此一唳矣。寻先生之诗，海内传诵者，多见仁见智，评骘已遍天下，吾何敢赞一辞！且一切有子言详焉，亦不用赘。惟吾所言是子言所略否？请还以质之尔。

附录二

传志

吴北山先生家传

同邑门人陈诗撰

北山先生，讳保初，字彦复，号君遂，晚号瘿公，氏吴，安徽庐江人。祖讳庭香，字兰轩，有清优贡生，咸丰初元举孝廉方正。三年，粤寇陷城，四年秋，率团练复邑城，援兵不至，城复陷，殉难，赠四品卿。父讳长庆，字小轩，少应童试不售，以云骑尉起家。同治中，平粤捻寇。光绪时，官至广东水师提督。壬午，靖朝鲜之乱，卒谥武壮。

甲申，武壮移屯金州，寝疾，先生年十六，渡海省视，封臂肉以疗。武壮既卒，直督李文忠公鸿章具以闻，朝旨褒嘉，授先生主事。既除丧，入都分兵部学习，乙未春，补授刑部山东司主事，明法励职。既任贵州司主稿秋审处帮办，平反裕𥋆氏之狱。裕氏，天潢别支，直隶布政使裕长、福州将军裕禄、都察院左都御史裕德兄弟，贵显当世，与从弟裕善不相能。裕善，宗子也，应袭公爵，裕长等争之，假事逐裕善，客死于外，遗妾董氏，携子如格来归，复讼而逐之。先生廉得其情，斥裕长等不义，持律而争于堂官，董氏乃得值。

丁酉秋，朝廷以强邻日逼，下诏求言，先生上疏言朝政时事，多他人所讳言者，尚书刚毅抑不达，先生怫然引疾归，士大夫清议翕然宗之。赋诗祖饯，都门称盛。戊戌，孝钦训政；庚子，拳匪乱，各国联军入京师，两宫西狩；辛丑和议成，车驾旋轸旧京。先生方侨寓沪渎，上疏请太后归政，辞旨深切，当路忌之，又弗为达，而疏语流传人间，直声震天下矣。然自是贫益甚，典衣觞客，略不介怀。乙巳秋，游津门，依今大总统项城袁公及直督泗州杨文敬公士骧以居。宣统元年秋，诣金陵，省母王太夫人疾。未几，居忧。既葬。庚戌游京师。辛亥春，病风痹南归，卧床两载，共和二年二月二十一日，即旧历癸丑正月十六日，卒于沪渎，年四十五，以寓沪久，耽其风土人文，遗命葬焉，今墓域在静安寺第六泉旁。配合肥黄恭人，生二女，无子，以兄子炎世为嗣。炎世原名世清，字公穆，早游庠序，后更名负笈东游，旋赴朝鲜，谒武壮祠，赋感事诗有「肯将家世易丰貂」之句。既归，官直隶知府，寒夜拥炉，草宪政章程，得喉疾卒，年甫廿四，时丁未冬也。长女弱男，适湖南章士钊；次女亚男，适广东梁元。

先生著有北山楼诗文词集，人称之曰北山先生。文章似两汉，诗学韦柳荆公，有劲气，言皖诗者，莫能废焉。行楷书学褚河南，得真神韵，草书学赵松雪，有秀逸之致。先生尤善知人，丙申邂逅新会梁启超于京师，时工部尚书寿州孙文正公家鼐，方领自强书局，先生与有雅故，致书荐启超，略云：「方今天子下诏徵贤，敷求良切，内外大吏，疏奏相望，近日朝廷以书局属公，实欲公之造就人才，以待国家异日之用，斯事虽细，关系天下，则公安可不广罗俊乂，上承明诏。窃见广东举人梁启超，年二十四，奇才淑质，独出冠时，综贯百家，凌跞一代，九州万国之纪、旁行斜上之书，莫不取其精华，得其指要，绮岁不廉之誉，方之蔑如；何休学海之称，奚足拟美。求之近日，诚为罕觏。今以不合当世，思褰裳远去，公倘不以年少少之，折节往拜，慰而留之，延揽入局，于大局不无小补，贾谊出吴公之门，孝章膺北海之荐，公之以人事君，又岂在吴公北海下哉？且北海云：鸷鸟累百，不如一鹗。愿公假以顺风，看其冲举，毋使垂翅平原见笑于斥鹖也。」孙公于是礼聘启超，为订章程。启超旋游湘，后卒以才名显。

先生性笃于友朋，不避危难，当戊戌八月之变，方角巾乡里，有哭六君子诗云：「圣朝不杀士，尼父吊三仁。西市诸君子，东林旧党人。涓涓流碧血，扰扰窜黄巾。未必逢天怒，阴霾黯紫宸。」盖二杨刘林康皆旧识，故伤之也。黄巾句，庚子拳乱竟验。尝学诗于礼部侍郎宗室宝宗伯廷，与其子寿富以道义文学相切磋。迨寿富死庚子之难，先生哭之甚哀，时恤其孤。始，武壮爱士好施，不问家人生产。母王太夫人里中富家女，赍送颇盛，善理财封殖赀产，以遗子孙。先生慕端木叔之为人，临殁遗言捐田数百亩，岁可收谷千石，建义塾以教族人，呜呼，可以风已。

陈诗曰：诗尝从先生游，徜徉山泽，相与和歌，命酒看花，履舄恒满，得闻其逸事甚详。先生尝语人曰：「予官刑部二年，依新例当外选直隶州，计可得太仓腴壤也。予志不求富，欲三年俸满，擢御史以发抒襟袍，乃竟以龃龉去，天也！」又有答友诗云：「谁岂不知荣路好，褊心孤寂总乖时。」自状生平，可云实录。若夫不侮鳏寡，不畏强御，补衮之阙，著謇謇之节，殆其根于性形于外者乎！

吴保初字说

郑孝胥

保初之字曰彦复，尔雅释训，美士为彦。说文曰美士，有文人所言也。复通作复，说文曰行故道也，易复卦，反复其道。尔雅释言，复，返也。士患文汩其质，义取复初，故美以善复。

吴彦复墓志

康有为

光绪之季，郎曹有二公子，为潮阳丁惠康叔雅、庐江吴保初彦复，并以文学才节，显闻于世，然皆不得志，行吟泽畔，一发于诗。叔雅郁郁不得志早逝，吾蒙难后，访吾于香港，犹一执手，纵谈国事。而彦复哀戊戌之难，流涕赋诗，曾发愤上章，为亡人讼冤。辛丑和议成，请变法归政，辞旨切直震一时。宣统五年，岁在癸丑正月十六日卒，竟不得面也，悲夫！

彦复才志卓荦，忧国好事，多识海内通人名士。生遘时变，俯仰身世，托之于诗，要眇清劲，盖得乎韦柳荆公，而激楚可歌，其文似汉人，有北山楼诗文集，弁冕皖人矣。

父长庆，以提督驻兵金州。彦复年十六，渡海刲股捄父疾。朝旨褒孝，授主事，补山东司贵州帮办秋审处，持律守正，尝平反裕董氏之大狱有名，以例当擢直隶州，君欲得御史，以发其志，不受。丁酉应诏直言，为尚书刚毅所格，遂弃官。母王太夫人，遗财丰溢，君散以养士恤孤，舍田千亩，为义塾恤族。及朝市既变，沉隐沪渎，则已贫甚，典衣留客，行吟忧伤，不得永年，卒年四十有五，葬于上海静安寺侧。妻合肥黄氏，能纪其家。长女弱男，次女亚男，并慧。越岁已未，其长婿章士钊请康有为铭其墓。铭曰：

才士也夫，嗟遘时变也；诗人之墓夫，长遗欣羡也。黄歇浦中，静安寺侧；万岁千秋，无有后厄。

清故刑部主事吴君墓表

章太炎

君讳保初，字彦复，一曰君遂，安徽庐江人也。祖廷香，尝举孝廉方正。考长庆，光绪初官广东水师提督，卒谥武壮。家世知兵，而武壮性好士。君自少时已与贤士大夫游，慷慨矜名，不好苛礼。年十六，武壮如金州，疾甚，渡海省视，封臂肉以疗，卒不起。直隶总督李鸿章上其事，授主事。除丧，引见，分兵部学习。数岁，补刑部山东司主事，改贵州司。明法审听，勤于吏职，而暇辄召宾客赋诗论时事。新会梁启超以举人留京师，君一见奇之，为扬声公卿间，启超后卒以才名。

光绪二十三年秋，清廷以外患求直言，君上书论朝政，多指斥。尚书刚毅不肯通，遂引疾归。家多田宅，而君雅素不治生产，然好客施与不衰。时山东巡抚袁世凯出武壮门下，义和团乱，清孝钦后挟景帝窜西安，君抵书世凯，劝以桓文之事，明年复上书，请太后归政，辞旨切直，当事忌之，又弗为通，而草稿流传人间，天下以为难。当是时，清政益衰，士人始扼腕言革命。君自以清世臣，不欲言征诛事，然内是之。诸故旧有官禄者渐疏忌君，贫益甚。袁世凯已授直隶总督，招君游天津，月致常廪，而约不得议政事。常郁郁，性不饮酒，时偃卧近妇人，遂病风痹。宣统初，世凯罢，君亦遭母丧，归赴江宁。三年秋，武昌兵起，其冬，义师拔江宁。君时依女婿章士钊居，闻南都建民国政府，而世凯亦将移清室，即杜门谢交游，有谒者辄瞪目作病狂状。世凯既就选为民国大总统，君亦竟不与通。民国二年二月卒于上海，年四十五。

乌呼，当清之丧，显官贵人争附和禅让以持禄位者众矣，而君以下吏退官，独拳拳不能忘故主。平生与倡议光复者游不为不多，至是乃更喑聋，无交欢者。而又明达种族大义，不自处于顽民，斯可谓中清与权矣。岂与夫身历二廷颜色无怍者同日而语哉？遗著有北山楼集，皆清时作也。某年某月葬于上海静安寺路。铭曰：

世贯阘茸，长谀谄兮。直道事人，终顑颔兮。彼气既竭，祀已斩兮。稿项无贰，为吏范兮。扈渎之唇，神淡淡兮。

附录三

题赠

唐多令

王尚辰

癸巳首夏中旬，喜彦复过访小园，赋此招饮，兼写余怀。

十笏旧山房，鸿泥印几行。卅年前请衽褰裳。弹指纪群皆宿草，血化碧，恨茫茫。老竹竟抽篁，孤花送晚香，石床鹤梦冷斜阳。读画弦诗欣有子，羹骨董，醉谟觞。咸丰癸丑中夏，令祖太仆公下榻园中留诗。

书吴彦复刑部保初未焚草后

王尚辰

胸填五岳恨难平，前席无人泪暗倾。大笔匡时干忌讳，小臣去国独分明。让梨怀橘寻初志，咒竹弹蕉送此生。白首郎潜犹遇主，惜君壮岁即逃名。

赠吴彦复保初

范当世

以行得官以言去，古人如此亦堂堂。看渠八海横飞日，更向万山深处藏。何由黑发看成白，应许玄天不作黄。试把遗书往沉诵，逸民俦侣自成行。

送彦复

范当世

海寒不似江南地，嗟尔何因去复来。寰海九州疑有路，平津东阁岂无才。翻思乃父三千客，我欲娱君五百杯。桃李无言花落尽，茫茫风雪一兴哀。

和彦复韵

李鸿烈

是日英豪似楚囚，满腔悲愤又逢秋。安危运掌多纡策，家国关心未解忧。他日车书终属汉，为怜客马独朝周。勉君持赠怀中语，从古前头有急流。

题北山楼集

宋伯鲁

一卧墙东作隐沦，莓苔霜菊苦相亲。悬知天畔寂寥地，尚有江潭憔悴人。北海浮云常蔽日，中原芳草已无春。吴门履迹谁能识，愧我昂藏白发身。

谋国无成嗟已老，行吟何事不堪悲。笙歌响断房中曲，鼓角秋鸣海外师。白酒寒花还自笑，绿杨明月总相思。空同闻道迎仙仗，凄绝王风彼黍诗。

题北山楼集

蒋智由

浩荡江湖自古春，狂歌且隐薜萝身。相将鹏翼云天意，来问马蹄秋水人。帝倚金阊失交语，仙惊碧海涨飞尘。拂衣种树将军子，积感吟诗每有神。

病中简吴彦复比部

杨士骧

病里清谈强自宽，中年身世说长安。动心岁月埋忧苦，行气文章养到难。日下青苹腾夜照，霜前红叶耐秋干。回头冠盖京华地，憔悴斯人未忍看。

题北山楼集

魏　蹢

贵介称陈迹，飘摇老异方。流观先德传，结客少年场。妙句霏金屑，当春顿剑芒。招魂无定所，不驻北山冈。

赠彦复

文廷式

久停谏舌写春愁，屈子骚心往不收。国事与谁论出处，将门如汝最风流。朝衣典尽天方雪，宝剑鸣时气欲秋。惆怅玉龙无主日，斜阳黯黯独登楼。

和彦复

寿　富

故人天末问平安，拈笔临风意万端。浩劫华夷同苦毒，危时仕隐两艰难。白云芳草应无恙，玉宇琼楼日愈寒。别后情怀验双袖，至今热泪未曾干。

赠吴彦复节录

寿　富

夭夭柔棘，珍禽是止。肃肃嘉宾，胡焉至只。翩翩公子，美秀而文。渊澄秋沚，和霭春云。凌跞顾盼，奕奕有神。精华内蕴，清光照人。维此公子，南邦之秀。京卿之孙，武壮之胄。

赠吴保初

孙佩兰

千里送君别，高堂慰老亲。可怜君姐妹，不得见归人。君姐妹均于是年谢世。

送吴保初

张　謇

封书朝未叩重阍，夕载妻孥去国门。击鼓丞卿持旧怒，投枭王母沛新恩。是非彼此宁无定，忠孝声名要有根。第一男儿辛苦事，不令哀饿到王孙。

题昌化石箧

张　謇

吴君遂藏石甚富，既为题匣，系诗嘲之，时新纳姬人。

几年京洛吴公子，买石挥金肯就贫。亦幸尚饶花乳砚，不愁壁立对佳人。

君能摹印偏工懒，日日高春尚爱眠。只恐他年韩约素，人间无数印文传。

挽吴彦复先生

张　謇

十年寥落吴公子，家国艰辛不自由。世论推归南部党，诗才寄与北山楼。金银散客贫能壮，莺燕离巢说尚愁。万事分明一杯水，逍遥今看海鲲游。

北山楼集书后

陈三立

两鸟犹闻一处囚，丁叔雅别号惺庵，时寄居君遂家。流传故事到孤舟。寄禅句有烟霞癖，别士襟涵海水秋。谓夏穗卿。佳侠谁怜朱郭在，濠梁聊数惠庄游。江鸥欲下鱼龙寂，魂断楼台天尽头。

鹤柴承吴彦复遗言以家藏黄瘿瓢画轴见寄别墅感怆赋此

陈三立

淝上吴公子，少壮慕奇节。屡忤权贵人，一官谢朝列。恣为江海游，颇亦娱声色。穷愁纳骚雅，吐句独隽绝。依人益蹭蹬，风痹有喑舌。舆疾沪渎居，走视对呜咽。玉折淹三岁，宿草几临穴。鹤柴将遗诫，割赠寓永诀。乃拾瘿瓢画，付余溪上宅。睹物怀酒坐，论事肝肠热。蹀躞山水间，孤标映兰雪。况闻获兹轴，爱其兴寄别。遂自署瘿公，向往比芳洁。斯人本诗流，久作江南客。见许与余类，内愧四前哲。一为嬉升平，一为丁亡国。篇什落江湖，神骥形跛鳖。但余画中叟，逃世惬宿昔。意得柳贯鱼，踏岸蓼花白。印证九原心，张壁向凄恻。

赠保初

童挹芳

客邸周旋久，与君情益亲。升堂曾拜母，卜宅亦为邻。道广门成市，官闲马借人。欣然如有得，文史足荣身。

沪上留别吴彦复

丁惠康

百无聊赖过零丁，遥睇中原一发青。避地诗人哀故国，渡江名士泣新亭。山河运歇英才尽，鼙鼓声沉战血腥。鹈首赐秦天亦醉，只怜羁客独长醒。

贺吴彦复纳姬诗

江云龙

白晰鬑鬑微有须，郎君颜色万人殊。福来消受康成婢，神往遭逢汉水姝。鸳浪猜疑人打鸭，凤巢安稳自将雏。蘼芜采罢比缣素，手爪思量如不如。

倭患日深吴彦复刑部保初属题小象书此寄愤

江云龙

铁甲研水海将尘，旄头掩日天为昏。厝火卧薪人未起，起鞭骄马嬉青春。磊落吴生将家子，誓向马上杀贼死。一再请缨遭唾弃，慷慨悲歌走燕市。裂我旧战袍，愤掷昆吾刀。千金置裘千金买妾此举何其豪。骏马如龙车如水，谁信家中贫如洗。侧身东望泪盈眥，兴来不顾他人眥。君不见，信陵君日饮醇酒事妇人，乐死不敢辜君恩。又不见，越大夫破吴身退归五湖，扁舟一叶载名姝。朅来蹀躞长安道，高楼切天辉云藻。今朝鸳鸯瓦上结霜华，明日鸳鸯冢上生秋草。君言愁，我欲愁，胡不轻身御气学庄周。鹏背不知几万里，跨之爱作逍遥游。藐姑射山神人居，绰约处子冰雪肤。神马尻轮追及之，瞬息天地一须臾，何必攒眉苦眼看人世。娶妻阴丽华，仕宦执金吾，纷纷朝暮随荣枯。

乙未春仲，倭寇日深，为彦复题此以寄愤。潜记。

送别吴彦复

江云龙

一疏辞天阙，群言吾道非。从容理归棹，黯淡典朝衣。瓠落樽无济，秋深蕨正肥。愿持圣明日，岁岁报春晖。

题君遂小照

沈瑾

五花骢负五云车，电掣风驰鸟石如。座上延陵旧公子，应刘诗法二王书。

秋夜床头啸宝刀，碧天霜重月明高。梦中应跨骅骝去，跃上龙门钓六鳌。

题君遂小像

周家禄

九达之衢，局而弗骋。轶尘气足，蹀而弗奔。才骛六合，而窘乎跬步；志清四海，而揽辔逡巡。俟涂之夷，笼毂缨轮。周历五都，旁迄无垠。禄虽不才，犹能循子之轨辙，而扬子之清尘。

题吴彦复照

茧庵

只应龙马喻精神，待倩丹青貌未真。解作闲情酬粉黛，不关托足怅风尘。芙蓉秋水花初萼，苜蓿春风草乍茵。好著先鞭成壮往，鸡鸣相警有伊人。

赠彦复

鲍心增

歌舞婆娑地，凄凉君此行。安危孤愤切，富贵一毛轻。报国心空壮，惊人语肯平。临歧潜洒泪，不为别离情。

延陵本将种，好武复能文。涸辙苏宾旅，沉冤扫雾氛。深山非隐寂，高卧足殊勋。行矣勿更道，相期砥砺勤。朝鲜全洛人，流寓京师，琐尾可念，君屡厚赠之。君近平反冤狱，活死囚七八，以此忤权贵，弗恤也。

赠彦复

马世钊

彦复旷清绝，疏怀自怡悦。离挹海陵云，独立闽中雪。岩桂挺芬菲，秋兰供采撷。引领仰高山，徒言逝岨嶻。

城郭无良伴，君家动欲寻。论文秋月上，倒酒晓星沉。相许存幽抱，微吟托素心。茫茫天地外，山水足清音。

高阳台

贺彦复纳姬

祁师曾

宫额舒妍，仙妆敛媚，最怜掌上轻盈。藏娇金屋，葳蕤深锁幽情。娴诗况是康成婢，伴裁书红袖娉婷。看绿阴结子，凤雏试举清声。莼鲈乡思秋风起，好思量旧梦，珍重归程。燕子香巢，微波何处通灵。载将桃叶江南去，隔银河天上双星。试画眉、采笔平分，妒杀倾城。

乙未中秋江亭宴集赠吴彦复

朝鲜 全中基

洛阳秋老客心悬，目送飞鸿白日眠。若遣相思君似我，一天明月两家圆。

正阳门内桂花香，客思悠悠节物新。一别韩城消息断，泉声山色属谁人？

送别吴彦复

全中其

京国相逢用意同，知君英勇继家风。早年曾达王祥孝，壮志常怀汲黯忠。报主事亲能致力，救人重义不言功。抛官此日江南去，流水高山乐不穷。

城南送别见晴山，帽影鞭丝夕照间。君在信如钟鼎重，客来频顾苇萝寒。好花多发听人借，明月重圆作镜看。报德不归东海远，待教松竹日盘桓。

赠吴彦复

张光烈

事君以道人臣分，陈力不能就列非。贾谊未承前席对，渊明岂为折腰归。疮痍回海横流急，虮虱孤臣去就微。堪叹孑将空月旦，纲常千古耿云晖。

君遂请赴东北军次作诗诗之

勒深之

绵绦蛮鞠肃戎装，谁识书生竟擅场。小别未须歌慣恨，此行转要敛锋芒。积薪厝火群公军，报国酬恩烈士肠。先德声名在天下，坐看勋业到诸郎。

飘飒西风十月天，拂衣好去莫留连。试将选色英雄气，一洗清谈落寞诠。顾我非无绕朝策，多君已著祖生鞭。大高山势连云峻，早馘猖酋奏凯旋。

为君遂题照

勒深之

长安大道惊若狂，是何年少携清扬。六萌之车赭白马，天街蹴踏春风香。马驶绝尘车流水，珊鞭却入商胡市。一泓写影镜光开，阿堵传神乃能尔。我闻兹事心然疑，作想非想嬉戏奇。得毋频频豪华子，抑或翩翩游侠儿。了鸟声繁叫呼急，吴郎闯然来造膝。手指玻璃尺半笺，双笑蝉嫣展灵匹。拊掌问君意何居，托抱宣蕴纷相于。媌姪神骏洵美好，侏儒还虑嘲猎渔。君徐殷勤向我道，人生行乐应须早。蟪蛄蒲柳瞬息过，胡为蹩躠闲中老。况值天地非清宁，一官落寞飘波萍。蛾眉已忤时人眼，茧足羞登显者庭。任子拜恩今十载，鬓绿颜丹昔容改。空中步障百丈强，堕入迷蒙总樱悔。静言思归难可归，思以绵绵沉则飞。侧身东望海云黑，请缨投笔心空违。翻然忽得韬藏计，中隐差如舟不系。饮醇近妇真吾师，自怡悦是元通契。式君此言三叹嗟，相怜讵病夔蚿蛇。儿曹动被眼瞒杀，阿谁勘破虚空花。我亦等君致冥想，转惭时彦描仿。难君苗笔砚竟欲焚，贾谊治安亦徒上。得君广我胸臆开，澄我心海无纤埃。梦梦休问天帝醉，且放杞忧倾玉醅。闺中略列芙蓉面，与我经时不相见。较衡纵亚飞琼仙，添香拂素能无恋。誓将南迈不因循，对君奢愿还重陈。千金定觅龙媒种，更妾公孙郁跂人。含元殿镜广丈余，每一过之，辄写人影，见陆士衡与弟书。君请赴征倭军，为人所阻，未果行。

赠吴保初

霍　翔

子之先将军，我昔师事久。我师平生学，子能全记否？我请为子陈，十犹忆八九。矢志在无欺，制行在不苟。有美不自多，有失必自纠。心君与天游，嗜好空所有。脚跟踏实地，择善坚听守。圣狂义利界，纤毫严分剖。事关孝与忠，精神尤抖擞。所以立丰功，皆此为枢纽。九重重儒将，斯世称慈母。南服极东瀛。碑咸镌众口。夙志未尽酬，大星陨台斗。吾子幸达人，接踵明德后。卦腹疗亲疾，褒旌蒙我后。复叨延世赏，弱冠绾华绶。瑶环溢声答，纨绔非匹偶。毅然谋继述，大德寻门牖。我特扬清芬，拜手献左右。愿言承家学，用报君恩厚。

啁君遂

陈　浏

远从车里识容光，佯怯如羞强自庄。绿叶成阴夸有子，侯门似海得逢郎。风沙万万千千界，云雨朝朝暮暮肠。不是帝京三宝地？宓妃何处感恩王。脉脉含情对酒樽，当时悔不借昆仑。明珰翠羽春申浦，白马青袍永定门。画里崔徽矜对面，座中杜牧嘹狂言。生憎一幅芦帘影，遮尽春光易断魂。

题君遂照

陈浏

吴生好色亦好武，骏马名姬得贤主。倜傥风流一少年，英雄儿女皆千古。庐江大姓多豪奇，先德英风天下知。江南旧往通侯第，江北新题武壮祠。弟兄才调真无敌，阿大一醉六十日。轻车都尉不出门，武库郎官能草檄。鼠须成冢铁磨穿，南中妇病已三年。可无桃叶娱王令，宜有杨枝系乐天。北地名花本倾国，南海明珠似明月。宫中梳裹最娇娆，六朝金粉应销歇。才脱青衣入后房，秃襟窄袖内家妆。从今侍砚添香夜，不在挥金买笑场。广鬌高髻偏娇贵，碧玉帘栊栖翡翠。选句初裁月露词，从军未短风云气。银鞍金勒骄春风，请缨苦要赴辽东。马革裹尸男子事，虎头食肉万夫雄。拔戟自堪成一队，喑呜叱咤千人废。堕指愁敲翰海水，画眉慵扫春山黛。只恐将军幕府开，迟尔翩翩书记才。何如长乐挥鞭出，何似城南斗草回。腰间金印大如斗，难得生前杯在手。款段惟宜载弱奚，妇人那必兼醇酒。束牲加璧又和戎，虎毛壮士无战功。空劳独骑寒山里，枉负欢衾宝帐中。人生自古谁不死，忍此须臾悲复喜。图画朝云索小诗，年时公斡曾平视。记得盈盈下拜时，清风不减谢芳姿。平则门边花睡早，沙湖山外鸟归迟。官情乡味重商略，年年都道长安乐。不为飞琼驻太清，却随饥雀巢危幕。悲我江湖独往人，瘦骡空馆两伤神。夜挥孤枕千行泪，晓怯疲车万斛尘。君家名马名飞兔，君忽掉头不肯住。泣别牵衣怨绍兰，停歌掩扇怜樊素。君不见襄勤令子光禄卿，不及古州丁总兵。高丽官妓能歌舞，月照关前五百营。

答吴君遂

吴昌硕

一弹再三叹，海上独携琴。醉尉悲无酒，成连识此心。怀人坐中夜，寄泪托长吟。问讯春江水，离情深更深。

题君遂照

吴昌硕

海云如絮白纷纷，看竹名园坐夕曛。燕颔虎头风格在，路人如见故将军。

赠吴君遂

章太炎

渐识吴君遂，高情弃直庐。卜居梅福里，草上杜根书。域外称张楚，斯人愿伏蒲。修门遗烬在，谁共吊三闾。

寄怀吴君遂法部津门

宋　恕

不见吴君遂，人间又几年。流离依镇北，部曲出征难。深篋潜夫论，高门美女篇。何时具蓑笠，同上五湖滩。

北山楼集题词

宋　恕

天下共知吴武壮，一生遗憾未封疆。秋风客散平原馆，家国萧萧一味凉。咸同间，淮中名将吴武壮、刘壮肃两公，皆以文学家屈居左职。壮肃晚得开府，武壮终于提督，士论惜之。

伤心最是大雷泽，避世难淹金马门。悱恻芬芳长君意，皋陶骨朽共谁论。君官刑部，屡上堂长说帖，欲抑强暴拯良弱，其言绝痛。君有哲妹，遇不淑惨死。

谁敢责难以尧舜，人人空读子舆书。封章不达拂衣去，今见庐江吴保初。丁酉，岁君封章直谏，陈义绝高，被格不得达，遂弃实任部司而归。

人间尚有批鳞草，震泽巢湖浩气同。他日遗山立佳传，大江南北两孤忠。己亥岁，君又草一疏，其言大类吴中沈太史，不得上。

全盛大都三百载，坐令荆棘没铜驼。南中复社难回日，雪苑文章涕泗多。

和吴彦复韵

成　昌

纵横方罫囚羁囚，大局何年遇奕秋。探地欲穷章亥步，谈天空抱杞人忧。北山错石期相假，东道盘飧愧未周。太息三韩孤客梦，夜深空逐浿江流。

留别吴保初

陈淡然

小别无多日，何劳留别诗。感君有古意，使我独深悲。风雨素心夜，乾坤莽荡时。翛然一身世，惘怅欲何之。

寄怀吴子恒彦复兄弟

李经钰

拂檐老树一千尺，五月长风生户庭。游子乍归松鬣长，闲门自闭藓痕青。哦诗长吉真镌肺，采药君房欲泛舲。浮玉楼台堪避暑，与君麦颗试中泠。赢骖别我更南归，故里躬耕生计微。客路风尘凋绿鬓，江东门第说乌衣。知交京洛贻书少，旅食春明旧梦非。最是闺中远相忆，一行征雁两分飞。

吴彦复改官刑曹却寄志喜

李经达

久闻执戟卫明光，又佐云司肃上方。天上郎官瞻列宿，江皋渔隐忆同航。秋盟鸡黍宵听雨，夜吮狼毫陵有霜。早晚治平传日下，为君兴颂汉庭张。

与君遂叔雅饮黄公垆

夏曾佑

蟠空造论路千条，谚云：夜里想了千条路，早起依旧磨豆腐。忽地低兴酒一瓢。谁是预为无赖地，镜湖烟水浙江潮。酒也。

两间老屋坐闲人，四碟盐齑当八珍。大有旗亭风味在，胜持胡病学维新。

微风淡月夜初凉，席幅攲斜未算狂。归于山荆谈显著，年来真为立谈忙。

后黄公卢赠吴君遂

夏曾佑

朝朝伏案赋大狗，忽思出门跨疲驴。立谈遍国竟无有，时有鬼物相揶揄。技穷仍自访吾子，狂谋谬算为嬉娱。须臾意尽计无出，入手幸有黄公卢。饿鬼见脓大欢喜，况有臃肿与之居。一壶恰愉两壶笑，三壶喧豗四欷歔。五壶骂座客尽散，兀然入梦忘登车。役夫脱籍履六合，哮吼跳掷皆诗书。方持文字作大狱，忽然境界皆为虚。教堂鸣钟拜磔鬼，壁虱列队如肥猪。秋风无赖犯破席，绳床兀臬如舆图。嗟乎我醒得非此，人生觉梦那不殊。嗟乎梦觉那不殊，然后孔丘代温即达尔文真吾徒。

题彦复扇

夏曾佑

伤今惜往忧来日，颠倒荒江觉梦均。偶逐图书成一往，又闻风雨感深春。徘回光岳成残局，狼藉江关作酒人。往事已非朋好在，□□□□□□□。

甲辰七月壬寅与叔雅君遂浩吾游曹家渡徐氏园

夏曾佑

黄尘久与素心违，难得相将入翠微。秋水才能浮短棹，白云应未识征衣。无端旧识随鸿到，如此斜阳信马归。霸业已非生计在，五湖鱼蟹古来肥。有闽人敹棹于苏州河。

广诗中八贤歌

梁启超

诗界革命谁欤豪？因明巨子天所骄。驱役教典庖丁刀，何况欧学皮与毛。诸暨 蒋智由 观云。君邃于佛学，尤好慈恩宗，因自好因明子。

东瓯布衣识绝尘，梨洲以后一天民。我非狂生生自云，诗成独泣问麒麟。平阳 宋恕 平子。

枚叔理文涵九流，吾言直逼汉魏遒。蹈海归来天地秋，西狩吾道其悠悠。馀杭 章炳麟 太炎。

义宁公子壮且醇，每翻陈语逾清新。啮墨咽泪常苦辛，竟作神州袖手人。义宁 陈三立 伯严。君昔赠余诗有「凭栏一片风云气，来作神州袖手人」之句。

哲学初祖天演严，选贩欧铅搀亚椠。合与莎米谓莎士比亚及米尔顿，皆欧洲近世大诗人也为鲽鹣，夺我曹席太不廉。侯官 严复 几道。

放言玩世曾觙庵，造物无计逃镌镵。曼歌花丛酒正醉，说经何时诗道南。湘乡 曾广钧 重伯。君昔为余画扇，作齐诗图，跋语云：「任公好余所治齐诗图，予之诗道南矣。」

绝世少年丁令威，选字秾俊文深微。佯狂海上胡不归，故山猿鹤故飞飞。丰顺 丁惠康 叔雅。

君遂之节如其才，呼天不应归去来。海枯石烂诗魂哀，吁嗟吾国其无雷。淮南 吴保初 彦复。君抗疏忧国事，不得达，弃官归。且冻饿，厚禄故人书招之，不出也。

赠吴彦复

八指头陀

一疏惊天劾大珰，不妨风雅更清狂。长揖归来复何说，满怀秋思立斜阳。

八月二十日与夏穗卿狄楚青黄益斋吴彦复陈鹤柴小集沪渎酒楼

八指头陀

黄浦江边百尺楼，海山当槛酒盈瓯。一时良会岂易得？抵掌开襟话五洲。

高楼回首望中原，满目河山破碎痕。尘世何方安乐国？诛求今亦到空门。

时事须臾万变更，浮云应妒月孤明。维持象教赖公等，莫许波旬扰化城。

寄吴彦复

八指头陀

山中何事可相闻，日夕闲情说与君。击钵吟残千嶂月，采芝缠满一身云。塞松瘦石清谁味？意蕊心香细自熏。却忆维摩居士室，鬘天花雨日纷纷。

余近日养疴天童影未出山昨阅报纸秃黎狡诈一节云余已航海诣东京皈依本愿寺大谷派矣不禁哑然一笑因为四绝句寄沪上夏穗卿吴彦复狄楚青陈鹤柴录二

八指头陀

忽忽潮音振耳闻，空中楼阁但雺氛。何曾挂席东瀛去？未出青山一片云。

沪上高人不可招，青天碧海路迢迢。且将白社闲中咏，寄入黄垆醉里谣。彦复与穗卿酬唱有黄垆前后谣，故云。

吴北山由日本还申作此奉寄

八指头陀

见说乘槎万里行，胜游知己遍东瀛。掀天波浪供吟啸，出窟鲸鲵候送迎。花近高楼伤往事，中东和议成于春帆楼，有吴挚甫题「伤心处」三字于此楼云。云归绝巘怆余情。遥怜黄浦江边月，应为哀时黯不明。

寄章太炎君沪上八绝句并招游天童录一

八指头陀

故人最忆吴彦复，其姊圣慧优婆夷。称子人中芬陀利，黄金赎罪胜须眉。君曩因党祸被逮，彦复姊刘氏圣慧，极力周旋，得以解脱。

和彦复韵

高式柽

暂抛簪绂谢拘囚，此日登临易感秋。朝士未醒槐国梦，陪臣空切杞人忧。岘山泪洒思羊祜，洛下尘多愧马周。见说江家亭畔月，翩翩裙屐竟风流。

北山楼诗续书后

冒广生

白发门生泪不收，谓陈子言。旧游重话海西头。九原精爽呼难起，一卷编摩过尚留。故国久随萤苑废，残花犹剩马塍不？秋坟新送陈无已，散原。好共丁叔雅谭复生咏四愁。

北山楼诗续书后

李宣龚

郎潜才调久纵横，抵死东朝一疏争。却笑抱冰真首鼠，攒眉掩耳畏高名。

剑气珠光去不还，无多诗卷那言删。白头魏衍江湖在，谓陈鹤柴。肯使心期负后山。

西子妆

酬瘦公

朱祖谋

津柳著阴，夜窗隔雨，梦醒青山归晚。渺然华发坐沧波，怪十年、故怀轻换。清杯恨溅，任拂拭、星文绣断。傍西风，睨画堂多少，偎人残燕。　西池宴，屈戍铜铺，但有愁一片。玉楼帘影最玲珑，睡冥冥，翠瀛三浅。迷阳唱倦，倚枕醉、蛾眉青眼。怕重逢，墨泪单衣渍满。

送彦弟随龚仰蘧方伯使英

吴保德

近从霍子传书简，诏选藩侯作使臣。我被青袍老居士，君持绛节赞行人。唐夸吐谷通朝聘，汉耻匈奴是世亲。休向南邦望明月，好倾东海洗胡尘。

【按】此诗录自庐江诗隽，原编者陈诗注云：「甲午春，合肥龚方伯照瑗，以川藩拜使英之命，倩霍骞甫主政致函招北山师偕往。北山师欲得参赞乃行。龚使报书谓参赞无虚席，欲以随员相屈。北山师赋诗却之，有「刬疏推毂到蓬莱」及「终童慷慨弃缟回」之句。先生此诗，盖未得龚报书时作。」

步彦弟韵

吴保德

多才邹衍好清谈，病懒嵇康自不堪。千载骅骝生冀北，十年宾客盛江南。熙朝边镇屯车甲，属国衣冠古子男。卧废空山忘理乱，敢云高遁此心甘。

陈诗注：十年宾客句，盖谓曩岁武状驻军江南，广厦宏开，坐客常满也。

和彦复弟都门寄韵

吴保德

努出黄绸道放衙，问谁同罪石榴花。此身兀兀缘何事，世路茫茫殊未涯。楼外鹧鸪歌格磔，天边湾雁字横斜。步兵校尉贫无酒（唐弟时官兵部主事），家酿清醪岂待赊。

题未焚草

吴保德

北山湖畔有高台，雾阁烟窗昼不开。飞鸟层云天际没，扁舟沧海日边来。浮沉粉署忧时客，寥落甘泉作赋才。爱读新诗未终卷，狂吟我欲倒金罍。

陆云游宦传书简，李贺归来负锦囊。大隐无如中隐好，醉时宁解醒时狂。闲寻旧雨欢无极，日有新词计亦良。休笑阿兄耽笔砚，不烦春草梦池塘。

刻烛分笺走马成，少年才调旧知名。秋虫乍响悲风露，塞雁成行记弟兄。十载歌词增客恨，五更灯火动乡情。苦吟渐觉腰围瘦，好奏埙篪过此生。

题北山楼集

吴保德

青袍濯尽帝京尘，家住黄陂曲水滨。到处湖山谁作主，连年鸥鹭结为邻。箧中谏疏无遗草，镜里容颜不再春。此去龙眠应不远，一时宾客尽诗人。

身藏南国青蜺室，名动西华白马篇。王后卢前称伯仲，老元短李执櫜鞬。香飘金字月中桂，口吐冰花雪里莲。玉轴牙签三十卷，殷勤白傅手重编。

年来世事都如此，身后浮名讵可知。鹓鹭班辞青琐闼，鹡鸰栖老紫荆枝。古人早识今人恨，新岁排成旧岁诗。骨肉耕桑乐书史，恨君解组得归迟。

凤台西畔宅东边，竹阁芸窗住谪仙。腹裹春秋作诗史，洞中日月好编年。花飞池砚云生室，草长湖田月满船。我作山歌寿君集，一回吟诵一陶然。

祝家大人寿

吴炎世

蓬莱宫阙绮窗开，遥借流霞入酒杯。南极明星如月朗，北堂萱草倚云栽。蟠桃方熟怜王母，采服初成效老莱。但愿兵戈终不见，琼筵重为覆金罍。

题末焚草

陈　诗

石几横琴晚寒薄，月明满院梨花落。诗情如雨下空山，老鹤一声夜寥廓。

赤手何由叩玉扉，抗言一疏拂衣归。文章自昔传忠孝，朝市于今有是非。搅涕长吟中散曲，疗饥闲撷北山薇。来年我亦悲秋客，风雪横经愿未违。

呈北山师

陈诗

汲黯归时焚谏草，虞卿老去尚横经。酒徒云散悲燕市，词客春寒谱洞庭。海国鱼龙争曼衍，芝田鸾鹤怨飘零。分明一曲成连操，弹绝哀弦不忍听。

北山楼集题词

陈诗

天涯一舸载鸱夷，谁忆相如谏猎时。料峭西风吹短鬓，江南黄叶雨丝丝。

酒国诗城忆昔游，飘然归梦逐闲鸥。难收万斛哀时泪，玉管蛮笺咏四愁。

北山楼诗续书后

陈诗

脱骖先生辛丑春卖牛马赙寿伯福容易典裘难，临桂龙泽厚积之宰蜀某县，戊戌以党祸罢官同居沪，与先生未相识也。壬寅，龙女逝，无以敛。驰书乞助，先生慨然质狐裘得三十元助之。久惯贫居不畏寒。不道苦心锤炼句，故交却作等闲看。先生于甲辰以后，尝自改已刊诗一卷及近作津沪诗一卷，自书小楷，以示其友。江浦陈浏亮伯为携去不归，或曰，亮伯忌胜己也。

瘿庐摹拓有藏泉，佳贝名刀记灿然。先生旅京津日，喜购古钱以自娱。庚戌秋，余入都见先生拓有瘿庐藏泉四卷，如王莽金错刀及小钱、宋废帝景和钱、辽天宝钱、明建文钱，皆世所希有者。先生病中，江都方尔谦地山假观，遂不归。竟与缶庐花乳印，相随羽化不知年。先生官京师日，买昌化鸡血图章十二方，吴仓石为镌之载于缶庐印谱。先生既寓沪，贫甚以三百金质于合肥龚心铭景张，约期二年赎。越数载，居津，积金欲赎，龚持不可。泗州杨文敬公慨赠千元自为居间乃得归。先生既殁此印章归张季直，今季直及子孝若皆逝，此印不知归于何所矣。

临池爱仿兰亭帖，柔顺文明易理含。谔谔尚留章草在，一生都似褚河南。

论近代诗家绝句

章士钊

宋恕

章吴风义树当时，放眼支那说项斯。举世谁为柳州学，我从儒雅益多师。

太炎与北山先生均有诗张之。「支那有一士，韬迹居海东」，为外舅诗起句。

君于古文辞独推柳州。

吴保初

沙湖山上旧书楼，题榜曾劳老道州。万卷岂容轻乞与，稍经王粲到陈留。

沙湖山 吴武壮庐江庐墓处北山楼，曾文正借资成之。何贞老为题榜。王粲指陈鹤柴，为外舅诗弟子。

忧天一疏压鸣珂，拂袖还山验菊莎。赢得千诗清见骨，白鸥春水愧涪皤。

意取山谷呈外舅孙莘老诗。

旷代诗心付软尘，两家公子一家春。十年绳匠胡同客，半夜北山楼里人。

丁惠康

附录四

杂评

饮冰室诗话四则

梁启超

一

吴君遂刑部，武壮公长庆子也，以气节闻一时。丁酉抗疏陈时事，请变法，格不得达，浩然挂冠归。近顷复上疏请归政。回銮以后，薄海所想望者，惟此一举，然莫敢言也，惟君毅然犯政府所最忌而言之，其所养可知矣。其诗肖其为人。所著有北山楼集，宋平子跋之云：「五言古体，多似陶韦。五言律体，多似少陵。七言律体，直逼江西诸祖。」盖道实也。吾最爱其支那有一士西章，其一云：「支那有一士，弢迹居越东。抗志希纯素，笃性秉渊冲。意旷九州外，神游三代中。如伤惓心目，无告哀残癃。一夫苟不获，丛疚在厥躬。陈词就重华，问道访崆峒。著书累万言，吾道未终穷。哲人不偶世，至论无污隆。岂惟跻小康，将以致大同。挟策献太平，畴能识王通。抱玉贵善藏，活国徯良工。感子他山意，错石资磨砻。已矣吾何悲，娇首咨鸿濛。」（右赠宋平子）其二云：「支那有一士，戢影居越西。结念抱冰雪，宅心高虹霓。慷慨怀前修，恻怆悯群黎。丘索与典坟，一一穷探稽。种界析狼鹿，政教疏羌氏。独永泰皇祚，屡末忤俗诋。畸士自跅跪，良马空趹踶。始知间代才，动与世相睽。澄澄之江波，晓日鸣天鸡。嶷嶷天台山，仰止难攀跻。贱子奋孤心，逆鳞尝独批。荃莫察中情，信谗反怒脐。邪枉固不容，悻直终见挤。三月何皇皇，两马犹栖栖。怀哉虞重华，风雨闻弗迷。宣尼未忘鲁，子舆思王齐。已而复已而，且俟圣人兮』。（右赠章太炎）

二

又有集句一首云：『青天漫漫覆长路，一纸短书无寄处。欲问平安无使来，乃知贫贱别更苦。四时天气总愁人，秋月春风等闲度。忧患众兮欢乐鲜，朱颜日夜不如故。嗟余此去其从谁，万里苍苍烟水暮。构云有高营，只见石与土。俯视大江奔，幽愤得一吐。我欲凌风翔，转上青天去。当面输心背面笑，翻手作云覆手雨。烟消日出不见人，至竟江山谁是主。』驱使前辈，天衣无缝，而含蓄蕴藉，别有怀抱，余酷爱之。

三

君遂顷以怀人诗八章见寄，殆去岁作也，其自序云：『羁迹逆旅，北风凄其。岁暮怀人，百端交集。眷山河以哀咳，复抚膺于逝者。作怀人诗。』其诗云：『章氏文章何若？价重梨洲衡阳。宣使非种锄去，畏垒来兹大穰。』（太炎）『江都天人三策，太平十二王通。勿谓卮言无当，终见九洲大同。』（明夷）『叹长夜兮漫漫，况来日之大难。耻并腥膻民族，裂此涂炭衣冠。』（孑民）『道不同而为友，古有申胥伍胥。竟作怀沙屈子，犹愈亡国大夫。』（天囚）『我所思饮冰子，一水蒹葭千里。子无谓秦无人，独不见噶苏士？」（任公）「人间病夫老大，我见支那少年。东方卢梭有几，申叔夫子最贤。」（申叔）「惊才不可一世，呜呼其人已亡。空向黄垆感旧，可怜邻笛山阳。」（曼君）「时诵卷中佳句，幽忧为疾难禁。诗人而为边帅，房琯复见于今。」（无闷）

四

十年不见吴君遂，一昨书丛狼籍中，忽一刺飞来，相见之欢可知也。相将小饮，席间出示近稿十数纸，读之增欷；顾靳不我畀，惟以别纸题迦因传一首见遗，录以记其因果。诗云：「万书堆里垂垂老，悔向人来说古今。薄病最宜残烛下，暮云应作九洲阴。旁行幸有晏迦笔，发喜难窥大梵心。会得言情头已白，髯髯想见久沈吟。」迦因传者，近人所译泰西说部，文学与茶花女相埒者也。

平等阁诗话

狄葆贤

一

别士先生后黄公卢赠吴君遂云：「朝朝伏案赋大狗，忽思出门跨疲驴。立谈遍国竟无有，时有鬼物相揶揄。技穷仍自访吾子，狂谋谬算相嬉娱。须臾意尽计无出，人手幸有黄公卢。饿鬼见脓大欢喜，况有臃肿与之居。一壶怡愉两壶笑，三壶喧豗四欷歔。五壶骂座客尽散，兀然入梦忘登车。役夫脱籍履六合，哮吼跳掷皆诗书。方持文字作大狱，忽然境界皆为虚。教堂鸣钟拜磔鬼，壁虱列队如肥猪。秋风无奈犯破席，绳床兀臬如舆图。嗟乎我醒得非此，人生觉梦那不殊。嗟乎梦觉那不殊，然后孔丘代温（即达尔文）真吾徒。」北山楼主人君遂和作并序云：「九月五日，泥饮大醉，因次别士后黄公卢见赠韵。小官粥粥（音役）辽东豕，大官吓吓黔之驴。两鸟悲鸣两鬼叱，那恤世议腾揶揄。醉乡懵腾已深入，顿失愁苦穷欢娱。祈门解人世有几？欲回碧落与黄卢。醒狂醉骂聊复尔，有酒不饮心何居？始知万物类刍狗，一壶已破千欷歔！君如洪钟发巨响，我振螳臂思挡车。于今且莫登皇难，蔑弃礼乐焚诗书。百年尔我亦俄顷，乾坤毁后皆为虚。不须出处问虎鼠，底用真幻诹龙猪？圣人满街吾不识，纷纷籍籍咸有图。模糊醉眼看人世，笑则弥勒悲文殊。已矣哉！尘尘万古不可接，九州六合亦有如是之酒徒！」昔昌黎与东野曾作两鸟诗，而刘诚意之于金华太史亦有两鬼诗以自况，盖皆遭世患，婴天囚，不得已发愤而所作也。今观别士君遂两君之作，毋亦类乎是耶？

二

北山楼主人以近作二章见示，颇有规抚临川意，爰为录之。其得定山书却寄：「小别倏门八载强，斜街花事久回肠。闲吟送目真成懒，短褐谋身讵未臧。殿陛辞诙方朔隐，燕云梦冷吕安亡（自注：谓伯福学士）。江湖岁晚谁存问，雁阵横天墨数行。」闻高啸桐来自京师拟从问伯福遗稿而病未能也先以一诗简之：「使君心事在杭州，曾佐戎机岭峤游。方喜鸿文能怖鳄，又闻花县讶鸣鸮。孤孀存问经三辅，涕泗从知瘵九幽。见说故人遗稿在，可堪先许茂陵求。」北山甚喜此诗，且喜语余云：「纵学荆公不能到，也应不失海藏楼。」

三

己亥吴君遂客鄂中，题周广文诗卷云：「梁园宾客今余几？白雪吟成调更高。莫道南华非僻典，就中坐窘令狐绹。」时沈子培部郎在鄂见之，戏署其稿曰：「今日南华成僻籍，方城多事笑彭阳。」逾年文芸阁学士在沪见之，笑曰：「是南华误却方城尉。」

四

乙巳岁暮，君遂在津门，于报端读吾诗话，感奥簃（周君集名）苻娄（沈君别号）之不可见，而道希学士亦归道山，复成一绝云：「汉上题襟事已徂，江湖岁晚渺愁予。南华误却方城尉，敢道南华是僻书。」更录于此，用资谭薮。

尊瓠室诗话七则

陈　诗

一

吴北山师至性惇悫，年十六，父武壮公遘疾金州，先生往省封臂肉和药以疗。武壮既卒，有司以闻，德宗念武壮朝鲜靖乱勋，悯先生纯孝，特授主事，服阕入都，分兵部学习。乙未补刑部主事。不畏强御，折狱有声。丁酉秋，上疏言时事，尚书刚毅抑不代达，先生忿诋之，遂挂冠归隐。旋出游沪，游京津，依故人为食客，终不复仕，自号瘿公。有答陈定山浏句云：「谁岂不知荣路好，褊心孤寂总乖时。」辛亥夏，病中风南归，手足偏枯，行动需人，卧病岁馀，癸丑正月十六日卒于沪，年四十有五。遗命乐此邦风土，不复归，葬于北郊静安寺侧。先生尝学诗于宗室竹坡侍郎，与其子伯福太史为至友。喜交游，任侠尚义，合肥童茂倩兵部挹芳尝赠诗云：「道广门成市，官闲马借人」，读此可知先生之为人矣。

二

光绪丁酉，吴北山师官刑部主事，应诏陈言，为尚书刚毅所遏，不得达，遂乞养归。岁暮自署门联云：『武壮封王惟有德，文中介弟号无功。』上句谓平南王孔有德，下句则自喻也。又题哲兄子恒先生书室联云：『有子才如不羁马，知君身是后凋松。』上句谓子恒先生仲子世清字仲穆者，年方十四，学优才敏，挥洒千言。师无子，颇爱之，后遂乞继为嗣。既出游沪渎天津累年，宣统己酉归里葬母，为人集句书联云：『智巧既萌，黄唐莫逮；田园不履，日月于征』，盖抚序览物，感慨系之。书法肖褚河南，为时所重。

三

庚子秋，予游沪，文学士见余诗，有黄钟牛铎之知。余因献诗，有『神山风雨走孤鸾』句，公极赏之。偶予赴吴淞视弟，数日不见，则函讯吴北山师曰：『陈子言诗人尚留沪否？』公当以榜眼典癸巳恩科江南乡试，而于门生独爱苏州汪甘卿钟霖宁国徐积馀乃昌二人，余以一布衣，乃得预其列，每思畴昔，曷能去怀。公诗初以典丽胜，晚则喜效皮陆，境为之也。兹录其赠北山师一律云：『久停谏舌写春愁，屈子骚心往不收。国事与谁论出处，将门如汝最风流。朝衣典尽天方雪，宝剑鸣时气欲秋。惆怅玉龙无主日，斜阳黯黯独登楼。』……

四

顺德罗拨东部郎惇曧乃椒生宗伯族弟，一字瘿公，与先师吴北山先生同号，一时都门有两瘿公之称。……

五

丰顺丁叔雅户部惠康乃禹生中丞日昌第三子，善骈文，能诗，录其梦中书所见一首云：「辟尽荒天更九州，从今海水不西流。牂牁棘道陈方物，争向扶馀拜小侯。」己亥，德宗称疾，实幽瀛台，而废立议起，上海商电报局总办经莲珊太守元善，山阴人。创立正气会，号召士夫联名电争，君为作正气会序，辞旨慷慨，倾动一时，乃因此取忌当路，郁郁不得志。迨豫章毛实君为直藩，聘为记室，君以藩司无章奏权，又不乐就，贫居京师，于宣统己酉四月病卒，年四十二。遗稿未梓。君有赠余诗云：「高天厚地孟东野，索句闭门陈后山。」时同居沪渎吴彦复师家也。

六

合肥诗坛耆硕，余所得见者，惟王谦斋典簿尚辰童茂倩驾部挹芳二人而已。

谦斋先生秉性高尚，博综词藻，……兹录先生题吴北山师未焚草诗云：「大笔匡时干忌讳，小臣去国独分明。」要言不烦，聊见一斑。

茂倩先生晚号茂先，张靖达公树声甥也。尝与吴北山师同官兵部，赠诗云：「道广门成市，官闲马借人」，语殊典切。

七

阳湖钱骏华方琦乃邑侯绍云师铄冢嗣也，曾随宦庐江及山左，弱冠能诗文，辛丑病逝于里，年二十六。余于甲申县试时，师爱予诗，乃得五覆，终场循吏赐宴，又蒙赉壬午南闱硃卷一本，其时骏华方幼，予未得见也。丙戌师调黟县，后改官山左。迨庚子岁，予随吴彦复师到沪，是冬，绍师捐道员赴奉天，过沪访彦师，乃得重见。绍师因诲之曰：「沪渎为南北人文渊薮，诗词骈散，诸学皆备。

子宜勖学，勿孤负此游。」诗谨受教。今稍有成就，赖师之善言也。

静照轩笔记

陈　诗

吴北山师有赠杨劬庵大令一律云：「万物纷纷各有私，蒸蒸黎庶苦罣罦。我怜驹隙成穿蠹，君以牛刀困割鸡。结绿干将原不器，飞黄泛驾叹无羁。人间万事谁堪说，江水东流日又西。」诗按：此先生辛卯岁作也。杨侯名霈霖，江西建昌人，于光绪辛卯夏以进士来宰庐江，清严类赵广汉。娴技击，亲出徼巡，逐捕盗贼，惩乂胥吏，讼庭为空。甫期年，以挞死重囚为豪猾攻讦，遣戍黑龙江。庚子赦归，官某省候补道卒。余犹记是岁适逢亢旱，侯督民浚塘，自冬徂春不得休，民胥怨咨。既去，岁又旱，乃大有秋，民皆曰，实食杨侯之赐。其勤民务实类如此。余闻陈散原先生曰，杨君为庆伯中丞崇雅哲嗣，中丞乃道光辛丑翰林，以御史出守顺庆成都，光绪三年官桂抚。四年，召入京，行次长沙病卒，并纪于此。

庐江诗隽序

陈　诗

……庐江建邑，肇于隋唐，草创画疆，未遑文艺。迨至南唐，伍乔登第，乃以诗鸣。降及宋明，咸有继响。有清肇基，民物安奠，冷泉（宋儒醇）有薇蕨之嗜，水村（金智）为隐逸之宗。王（凤翙）钟（崇基）接武，吴（保德）计（如张）联镳。龙门（江开）关塞，以雄杰驰声，北山（吴彦复）江皋，以清谈树誉。越祀二百，运遘沧桑，人往风微，音沉响绝。

光宣诗坛点将录

汪国垣

地伏星金眼彪施恩　吴保初一作丁惠康、李世由

流观先德传，结客少年场。

国事分明属灌均，李商隐句。封章无路动枫宸。潜夫只有伤时泪，老尔江潭憔悴人。北山品节极高，抗疏归政，直声震天下。在清末，周旋于保皇、革命两党之间，而皆为人所翕服。则清风亮节之故也。生遭世变，哀乐特过于人，激楚之音，出以清怨，高澹近韦柳，劲婉似荆公，其回肠荡气之作，亦不亚海藏楼也。丁叔雅惠康，为雨生中丞之子，与北山齐名，又与散原、浏阳并称清末四公子。襟怀高亮，诗亦如之。李晓暾世由，学术淹雅，诗境苍秀，皆贵介公子，有声于时，典衣留客，亦略相似，遂合而传之。

今传是楼诗话三则

王逸塘

一

庐江吴公木，一字公穆，名炎世，北山先生之嗣子也。北山为武壮公次子，早负文名，厉风节，与义宁陈散原诸人游，当时称四公子。顾抗直忤俗，浮沈郎署，憔悴以终。而公木又以美才早逝。弥为士论所惜。……

二

北山一字瘿公，晚纳妓彭嫣王姹，而嫣最得名。散原过天津戏赠云：「酸儒不值一文钱，来访

瘿公涨海边。执袂擎杯无杂语，喜心和泪说彭嫣。」「彭嫣不独怜才耳，谁识彭嫣万劫心。吾友堂堂终付汝，弥天四海为沉吟。」当时海内知北山，盖无不知彭嫣者。公木下世，北山益侘傺寡欢，两姬亦以金尽求去。岁晚佯狂，卒以不起。扬州方大地山挽之云：「心死已多年，地北天南都郁郁；魂归有何处，嫣红姹紫太匆匆。」海藏亟称其工。散原亦有挽诗云：「为郎一疏壮当年，遽绝朝班溷世廛。意气空能问屠狗，吟篇自许诉幽蝉。已迷王谢争墩处，前三岁与君游半山亭。应喻唐虞易箦前。天壤寄痴寄孤愤，终留佳话到彭嫣。」

三

洹上倡和之侣，为庐江吴君遂保初，汉阳田焕廷文烈，会稽沈吕生祖宪，甘泉闵葆之尔昌，吴江费仲深树蔚，项城张馨庵镇坊，番禺凌润台福彭，宜宾董冰谷士佐，汲县王小汀锡彤，合肥朱石庵家磐，永城丁春农象震，江都女士史子希济道，静海女士权效苏静泉诸人，以外则筱石制军、寒云公子也。当时宾从唱酬，门庭雍睦，窃谓为项城平生第一适意之时，人或以投闲惜之，则真皮相之论矣。

兼于阁诗话二则

陈声聪

北山楼

庐江吴君遂（保初）为淮军吴长庆子，与丁叔雅（惠康）、陈散原（三立）、谭复生（嗣同），时称四公子。君遂以先荫官刑部，以言朝政忤权贵不报而去职，声名藉甚。有北山楼诗，自谓「性耽吟咏，又不皇暇求之古人」，然而有古人之胸次，即能为古人之诗，观其眷怀家国，缱绻师友，忠爱之情如揭。有自题批鳞草后云：「悻悻人间小丈夫，愤来直欲斫珊瑚。谁为天下奇男子，臣本高阳旧酒徒。正则怀沙终为楚，子胥抉目欲存吴。何堪更作哀时赋，萧瑟江关泪已枯。」此去官出都后作也。哭伯福学士云：「四溟烽火逼神京，谁遣潢池盗弄兵。北地岂惭朝烈祖，西京顿觉失长城。成仁未竟平生志，背义终伤后死情。（自注：「甲午之役，约城破同死，今君竟践言矣。予以丁酉罢归，殊觉负君地下也。」）我欲招魂歌楚些，天涯霜雪泪缘缨。」伯福名寿富，为宝竹坡子，庚子之乱殉难。君遂为竹坡门人，与伯福交最笃，故深哀之。沪上送丁叔雅户部归岭南云：「目尽寥天一鹤归，客中送客倍依依。神州多故交游尽，沦海横流国事非。梅福上书愁未达，朱云请剑愿空违。翠华近有蒙尘恸，何日回銮望六飞。」此亦在庚子年，人争出都，两宫西狩尚未回也。稍前则有文芸阁学士获谴作诗送之云：「廊庙江湖事本同，几人投劾去匆匆。弹章已落奸谀胆，清议能生台阁风。早把一官轻敝屣，便看鸷鸟脱樊笼。送君苦忆江南好，草长莺飞二月中。」芸阁以劾西后变法而获谴也。又有支那有一士赠章太炎云：「支那有一士，戢影居越西。结念抱冰雪，宅心高虹霓。慷慨怀前修，恻怆悯群黎。丘索与典坟，一一穷探稽。种界析狼鹿，政教疏羌氐。独永秦皇祚，屡忤末俗诋。畸士自跅弛，良马空趹踶。始知间代才，动与世相睽。澄澄之江波，晓日鸣天鸡。嶷嶷天台山，仰止难攀跻。贱子奋孤心，逆鳞尝独批。荃莫察中情，信谗反怒愤。邪枉固不容，悻直终见挤。三月何皇皇，两马犹栖栖。怀哉虞重华，风雨闻弗迷。宣尼未忘鲁，子舆思王齐。已而复已而，且俟圣人兮。」诗中于太炎之政地学术，已倾倒之至。其诗所留不多，尚有与宋伯鲁、朱曼君、梁任公、周彦升诸人之作，皆当时比较进步人也。

云起轩

萍乡文道希先生（廷式一字芸阁），近代一杰士也。博学通识，慷慨有大志。既中甲科，授编修，擢侍读学士，主张新政，以抗直罢官。戊戌政变，几遭不测。东走日本，后归国，穷愁潦倒卒于乡，年仅四十九。著有纯常子枝语、云起楼诗录、云起楼词抄等，行于世。其诗大气浑沦，固才人学人之诗也。……题吴君遂刑部北山楼集云：『久停谏舌写春愁，屈子骚心往不收。国事与谁论出处，将门如汝最风流。朝衣典尽天方雪，宝剑鸣时气欲秋。惆怅玉龙无主日，斜阳黯黯独登楼。』此皆庚子年乱中之作，哀以思矣。

忘山庐日记

孙宝瑄

辛丑（光绪二十七年　公元一九〇一年）

〔正月〕六日，晴。诣彦复，与同游味莼园。

〔正月〕十二日，访穗卿，问相宗内应读之书。穗卿告以冠道本俱舍论，又唯识论述记及瑜珈师地论三种，皆购自日本。

哺，诣彦复，燕公亦在，纵谈。彦复赠余五古，录如下：

春风扇江海，皎日悬空虚。索居意不适，

言访忘山庐。藉问主人谁？宝瑄字仲玙。

见道已忘山，见君亦忘予。莫指鹿为马，

焉知子非鱼。从君一月游，如读十年书。
庄叟齐得丧，尼父谁毁誉。习静摹禅悦，
治经乃菑畬。嘉禾茁九穗，非种固必除。
幽兰生当门，佳士肯见锄。身脱尘网中，
手拨秦灰馀。修竹矗轩箨，清流绕林渠。
稽古异桓荣，下帷同仲舒。庭有嵇阮俦，
门无卿相舆。始知天爵贵，何翅专城居。
坦怀乐疏放，末俗恒龃龉。乃叹世路险，
合辙难造车。沧海变为田，宫阙莽成墟。
万物类刍狗，天地终蘧蘧。相逢淡忘归，
独立空踌蹰。

〔正月〕十八日，晴。诣佐师，授读哲学论纲，文颇艰深难晓。访彦复不遇，造芝洞小谈。晚，独饮于万福居，折简抬彦复来。云和议复有变动，得信于盛京卿所，细情不知也。是夕，余饮尽醉，醉后与彦复同车至左翠玉家。余眼中视人朦胧，睹灯光闪烁，自谓别成一世界，不知天地为何物也。每发一语，旁人莫不粲然，亦不解何故。醉中读彦复诗稿，拊案高吟，手舞足蹈。俄随彦复至其家，阅清议报，朗诵梁任父与张之洞书及海外奇遇诗二十首。夜分归，月明如昼。

〔正月〕二十六日，晴，诣彦复谈，偕游味莼园。晚，余翼斋招饮于锦谷春。

〔二月〕五日，晴。诣彦复。昳，偕至味莼园。是日，同志第二次集议，为阻俄密约也。闻俄约限于初六、七日为诺，故海上志士齐集，共议发电至我国政府及各疆臣，力阻其事。又议电告英泰毋士报馆，告各国援助。到者三四百人，推余首登台演说。余因大声告众曰：中国将亡矣，诸君知之乎？中国将瓜分矣，诸君知之乎？中国何以亡？何以瓜分？有近因，有远因。远因者何？不能变法自强之故。近因者何？东三省密约之故。若允俄人，列国效尤，利益均沾，中国主权由是尽失。凡我同志，稍明公理，须知人人有国民之职分，不得视国家为身外之物。且中国既亡，无论何人不能自保其性命财产。庚子山云：一马之奔，无一毛而不动；一舟之覆，无一物而不沉。诸君闻之，能无惧乎？既知惧，斯不能不共谋挽回之术，即不可无今日集议之事。以下所演，即会中同人所拟宗旨，已登矣，不赘录也。余演说毕，遂下。馀人相继上演说者共有七、八人。中有僧名宗仰，有女子年十五六，名薛锦帆，皆各抒所见，辞气慷慨。大众莫不鼓掌。

〔二月〕六日，晴。诣稷塍谈。俄诣中外报馆。晡，访彦复。晚归，观书。

〔二月〕七日，微阴。……晡，访张让三。归，顺道视彦复。夜，读书。

〔二月〕十四日，晴。诣彦复。日报载粤督陶覆奏变法疏，颇中要。又札谕南洋志士，词旨谆切，有解党禁之意。吾知必为人望所归。连日又闻俄约已决不画押，不知俄人意如何，英、日能出而相助否？

〔三月〕一日，雨止。晚，在金谷香夜饮，邀彦复至，痛谈。

〔三月〕二日，雨。吴彦复有言曰：合肥之主持俄约者，忠于四万万人也。四万万人之力争俄约者，忠于合肥者也。虽戏言而实公论。

〔三月〕五日，阴。早出访周寿臣，俄至宝记视石芝，遂造彦复。

〔三月〕六日，阴。枚叔、彦复、子言三君来访，纵谈。忽得问槎自都来书，称西安政府遣刘光才督师至紫荆关，军容甚盛，大有驱逐联军之势。于是法、德二国各派劲旅前往备战。傅相闻之，大为忧惧。

〔三月〕二十日，雨。自松林所习和文归，访徐潘卿暨朱毓堂。晡，诣彦复谭。薄晚，至谢家遇秉庵。是夜，藩卿约饮。余携天演论抽暇辄观之。

〔三月〕二十六日，晴。晡，诣彦复，因与枚叔、虬斋偕游张园。薄晚，彦复招饮于黛语楼。

〔三月〕二十八日，晴。往习东文。日中，诣彦复。晡，与彦复、虬斋偕访三郎，不遇，因至丹桂观其演新剧。薄暮，招三郎至金谷香宴饮，枚叔亦来。三郎未读书，不识一字，然谈吐极风雅。

〔四月〕二日，晴。诣彦复。余是日为枚叔书扇「元规尘污人」五大字，又为虬斋书赠妓诗，俄复至张园。

〔四月〕十二日，晴。作寄杭州诸亲族友人书。晡，诣彦复与枚叔，纵谈。是晚，彦复自述其生平奇遇一节，可惊可愕。余为记之于此。彦复云：『余于丁亥岁过海上，识一伎者，曰张宝枝，娆媚动人，每饮必招其至。时芳声未著，犹处子也。友人劝余为其破瓜。余囊资告罄，谢以力薄。一友曰：吾能任之。乃代出银饼二百枚。余遂得宿张家，尽一夕欢。亡何，余轮帆北行，供职京师。逾数年，复以他故来歇浦，欲寻旧好，遍问无所谓张宝枝者。一日，至某书楼品茗，偶与佣者谈，则云：有一林宝枝，名颇重，不识即意中人否？乃招其来。视之，果其人，光艳犹昔。就坐，低唱数在日夕矣，为我告佩香，秋以为期。客曰：敬诺。越数日，余遂行，比至都，妻病已愈。余心惴惴。果天下多情人也。吾舍是其奚归？子善为我图之。客语未毕，余曰：佩香爱我，义不可负。然余行香告我矣。彼誓嫁汝，曰：吴生果天下多情人也。吾闻吴生伉俪不睦，今闻其疾笃，犹不胜悲，矣，吾妻病濒死，将束装北去，图一见。言未已，泪涔涔下。须臾，席散归，客又踵来语余曰：佩书云：妻病重，促余归。余愀然不乐，乃偕数友饮金家，席间谓佩香曰：卿犹未迁耶？吾不能待于相容，奈何？即异居室，终非久计。公为我谢之。然彼之情，吾铭骨久矣。客既去，余忽得都中家殊不屑而独钟情于子，不可负也。即汝无力，彼能代任繁费，可无忧。余蹙然曰：余妻暴悍，必不曰：阅历风尘数年，可终身仰事者，莫子若。汝其有意乎？彼拥资数万，他人涎其财色者多矣，彼车出游，或置酒款余。余心感之，莫解其故。未几，一友告余曰：汝知金佩香意乎？彼志欲嫁汝，入都，能少待乎？余不久必他徙，汝可来，彼安能禁我！余诺之。自是金待余情益笃，暇辄与余同如其请。会金欲留余宿，张大怒曰：汝欲宿，先宿余。然欲宿者以英蚨干来。金私谓余曰：汝何时张者爱金矣。一夕，造其家访之，则与张同居者，始大悟。因设酒款客，张大哗曰：必设双台。余香。貌虽不逮张，而娇艳绝世。因探悉所居，由是每宴必呼金至。金勤之意过张，余亦移所以爱归。时盛夏，余偶值晚凉，散步愚园，遇一艳者，呼余曰：吴大少。余惊异良久，询知其人曰金佩枕，宝枝衷服不解。余睨之，忽厉色曰：以英蚨干来，旧欢可续也。余大失望。翌日，懊丧而置酒其家，坐中客咸曰：汝二人旧交，今夕不可去。宝枝默然。俄客散，余遂留宿。夜，登榻并曲，与余若不相识，然睨余微笑者久之。余不能忘情，自是宴会辄邀来饮。宝枝与余殊淡然。既又自是无暇来南，亦遂置前事。逾数年，有人自淞浦来者，云：闻上海金佩香嫁葛兰荪，挈以入都矣。余错愕久之，叹曰：佩香不负吾，吾负佩香也。为废寝食者累日。京俗永定门外旧有南鼎之会，每春季，游人如织。余时策马往游观，瞥见嚣茶台上无数女子，靓妆丽服，群坐而笑语。中一丽人，貌类金佩香，趋视，果其人也。时诸女子见余至，争呼彦复，招手令上，则皆素相识之满洲贵族。余习与满人往来，故与若辈稔熟，遂忻然下马登台，各就其坐，恣意饮啖。遥睇佩香，佩香见余来，若甚惊者，目不转瞬视余，然始终默然无一语。余不觉凄然泣下。微窥佩香，正垂泪相对。举坐莫知所以然。俄顷，忽见白马银鞍一少年，如飞而至，下马登台，就佩香坐。余意度必葛兰荪也。乃别诸女友，从容下台去。即归，成七绝三十首，遍示诸友，一时传诵。久之，忽阍者入言，一少年来谒。引入，则在南鼎所见者也。揖余曰：贱妾之志夙在君，君负德矣。天假之缘，与君再遇。君盍来舍，当使贱妾与君叙契阔也。余诺之，因问所居。逾日往视，佩香艳服而出。余叹曰：因缘离合，莫非命耶，岂能相强乎？我诚负卿，然卿今日亦得所矣。佩香默然，与余作他语；复话别后事。俄兰荪出酒肴，三人畅饮而别。余后询知，兰荪亦纨绔子弟也，挥金如土，佩香所积蓄皆供其用，未数年资产荡尽。甲午秋，边警日亟，兰荪将携佩香出都，无资，向余贷百金。余为罗掘白镪四十两，又马一匹赠之。兰荪乃得治装行，遂不知所终。又数年，余以上书言事，与刑部长官龃龉，乞骸骨南归。至上海，问所谓林宝枝者，则已嫁湖州某富家子矣。今年又闻其嫁而复出。一日，在张园见之，貌渐老而姿态犹动人。问所居，则云某所。问何故复出，曰「新间旧耳，尚何言。」他日，复有客告余曰「宝枝今日奇窘，前索君英蚨千，公能如其愿乎？彼或能归尔也。余视客微笑不答。」是晚，偕彦复至天仙观孙菊仙鱼藏剑，音节苍凉壮厉。

〔四月〕十七日，晴。昳归，为彦复撰卖笑记成，即前彦复自述之奇遇事也。

〔四月〕二十一日，晴。约藩卿、郁堂诸人，在金月梅家手谈。彦复亦来。俄随彦复至其家，因留晚餐。夜，至宝来观剧。

〔四月〕二十二日，晴。晡，与秉庵同车游园，遇月梅在遹南楼上听昆曲。俄仲宣、潘卿、郁堂、彦复相继来。是日，游客云集。

〔五月〕二日，阴，雨止。晡，造彦复庐，俄访月梅。

〔五月〕四日，阴。诣彦复及枚叔谈。余尝论史分五种：曰国史，曰年史，曰政史，曰事史，曰人史。枚叔于政史之下，为增学史。彦复于国史之上为增地史。合为七史；史学该备矣。

〔五月〕五日，阴，诣石芝谭，遂游张园，枚叔、彦复皆在。余与枚叔在其旧园之楼舍中纵谭。

〔五月〕八日，晴，起观书。得铭舫书，知出口局事已辞退，移居钱江会馆。晡，往访之，与偕游张园。仲巽、彦复、枚叔、仲宣、丽轩、荫亭皆见。

〔五月〕二十日，晡，访琴甫，共诣枚叔。晚三人偕至酒楼，彦复亦随往，沈饮尽醉。

〔六月〕五日，晴。访吴彦复，见有日本石印古名人墨迹三册。

〔六月〕十二日，晴。日中，访叔雅。昳，与偕至金谷香，因邀彦复、枚叔及张冠霞至，小谈。枚叔辈戏以石头人名比拟当世人物，谓那拉，贾母；在田，宝玉；康有为，林黛玉；梁启超，紫鹃；荣禄、张之洞，凤姐；钱恂，平儿；樊增祥、梁鼎芬，袭人；汪穰卿，刘老老；张百熙，史湘云；

赵舒翘，赵姨娘；刘坤一，贾政；黄公度，贾赦；文廷式，贾瑞；杨崇伊，妙玉；大阿哥，薛蟠；瞿鸿玑，薛宝钗；蒋国亮，李纨；沈鹏、金梁、章炳麟，焦大。余为增数人曰：谭嗣同，晴雯；李鸿章，探春；汤寿潜，孙宝琦，薛宝钗；寿富，尤三姐；吴保初，柳湘莲；宋恕、夏增佑、孙渐，空空道人。

晡，同马车至张园茗谈。记去岁在宝记，余与枚叔、彦复、叔雅四人同影一像，今日四人又至一处，不易得也。晚，偕仿李汇东，薄暮归。夜观党人碑第三本。

〔六月〕二十七日，晴。日中，诣石芝谈。俄访彦复、枚叔及勤甫。

〔六月〕二十九日，晴。大风。观书。枚叔、彦复过谭。

〔七月〕六日，晴。晚，季鸿约饮于一品香，有梅五在坐。明日，枚叔将赴苏州，彦复亦在彼设宴饯行，余亦陪饮。

〔七月〕十六日，晴。晡，诣彦复小谈。

〔七月〕十九日，晴。晡，偕游味莼园，在平芜千里处茗谈，遇李一琴及彦复诸人。

〔八月〕十日，晴。前为彦复撰买笑记，是日以别纸写一通，饭后持以示彦复。又答枚叔书云：法果变，公再谈逐满，当以乱国相待。彦复以骑足踏车跌于路，伤肱，乞医于东人，未愈也。

〔九月〕一日，雨。薄午，先往视彦复，闻颐斋在都呕血而亡，始闻之以为讹传，急持雨具往一品香，折简询其家中。

〔九月〕十日，晴。旅居海上数年，往来之友甚夥，约分数种：曰学友，宋燕生、章枚叔、蒋信如；理想沈虚，孙仲愚；志行卓荦，吴彦复。

诵雄，彦复以气节雄，惟余以义理雄。考证闳博，章枚叔；文雅纵横，宋燕生；才辨英舒，梁卓

〔十月〕十八日，晴。生平所交之友，各有专长，以雄于世：燕生以诗雄，卓如以文雄，枚叔以记

〔十月〕八日，蚤阴，晡，诣彦复谭。

〔九月〕二十二日，陈子言、彦复弟子，为余制忘山庐八咏成。

兵入长江之说，是说如可信，则瓜分仍不免矣。

饮。俄与彦复、守六二人错围，过谢云卿家。闻彦复言：俄人不愿还东三省，英、德二国有欲调

〔九月〕十九日，晴。晚，饮于金谷香，坐有叔雅、彦复、子言。酒罢，复至一品香，方守六招

支，曰蕉果，曰水蜜桃，曰牛乳葡萄，曰橄榄，曰枣，曰樱桃，上品也。

曰栗子，曰石榴，下品也；曰平果，曰牙梨，曰柿，曰大橙，曰橘，柚，曰西瓜，中品也；曰荔

〔九月〕十八日，阴。余昨与彦复论果品，分上中下，曰甘蔗，曰荸荠，曰菱角，曰莲子，曰藕，

夕谈及，有「逐满人，甘十族。盍赠之，邻为蟹」之语，皆三字句，颇含怨意。

〔九月〕十七日，晚，叔雅招饮一家春，坐有彦复。闻枚叔有书复我，为彦复所毁，不以示余。是

〔九月〕十六日，晴。晡，偕游味莼园，晤叔雅、彦复。

〔九月〕十四日，晴。晡，访彦复，不遇。

春；曰诗友，吴彦复；曰道友，伊峻斋、朱云卿；曰佛友，欧阳石芝；曰情友，张冠霞。

侪；曰谈友，张经甫、黄益斋、李耕馀、孙丽轩、荫亭、丁叔雅、应季中、朱琴甫、邵季英、刘永

〔十月〕二十八日，晴。是日星期，诣彦复，偕游味莼园，遇叔雅。

〔十月〕三十日，晴。日中，仲巽招饮于聚丰园，坐有彦复、叔雅、念劬、信侪、穰卿。

〔十一月〕十三日，晴。晚，访季英，偕至雅叙园。俄彦复、叔雅踵至，畅饮。夜，观优。

〔十一月〕十九日，晡，诣彦复谭。

〔十一月〕二十八日，晴。晚，宴叔雅、彦复、子言、履平于雅叙园。夜，观剧。

〔十二月〕三日，晴。休息日。昳，诣彦复谭。

余前所登中外报之忘山庐日记四段，痛诋新党，彦复以为其理甚正，而不免张旧党之焰。

〔十二月〕七日，阴。晡，诣彦复谈。晚，同饮于九华楼，又至春仙观剧。

〔十二月〕十日，晴。休息日。诣彦复。

〔十二月〕十六日，阴。晚，咏春招饮雅叙园，益斋、叔雅、彦复俱在坐。

〔十二月〕二十四日，晴。晨间有人来，自称吴健师嗣子名春荣，字松卿，由固始来，途为土匪劫去白镪三四百两，虽报官而案未结。到此下榻垃圾桥刘家，以其姐为省三之媳，现欲就京职到部。明春北行，丐余作书致亲友为之地。又言：今夕乘轮至粤东视子颐，其姐送途资银十馀饼，尚缺五六枚，向余商借。余遂呼仆取银，如数与之，从容而去。昳，出城，至垃圾桥访所谓刘姓者，惟一家南浔人，非省三家属，心知受欺。因忆其人云与吴彦复旧相识，乃诣彦复问：有吴松卿者，公知其人否？彦复茫然良久曰：秋间曾有人，自称吴子健嗣子来拜，向余假钱，未应之，遂去不复来。问此人作何状。曰：眦目短面，身不满五尺。余曰：是其人矣。惟与余谈，颇能悉吴处家事，一一符合，世情诡诈百端，可畏哉！

〔十二月〕二十七日，晴。晡，诣子英。俄访石芝，又造彦复谈。

壬寅（光绪二十八年　公元一九〇二年）

〔正月〕初九日，晴。晡，诣彦复。闻菿汉有难，盖因前结怨于某公，故必欲致死。事为督臣电奏，有密旨严捕立决。以天下之大，仇一匹夫。虽然，菿汉固自有取有死之道也。

余谓彦复曰：我辈平日不以种界之说为然，设此时以菿汉之故，波及于我，亦不悔也。菿汉所著书出，颇鼓动一世，造孽无穷。

〔正月〕二十日，晴，风。昳，至一品香，见子涵。晡，与同车至贩古玩处，购名人书画。俄至张园，遇彦复。

昨见叔雅，知太炎于十四日到海上，在囚庵家宿一夜，次日附日本舟东渡。会有满人来君遂处，探太炎消息，其仆悉举以告，君遂其危哉！

〔正月〕二十三日，向午，蛰仙招饮一品香。叔雅、彦复、让三诸人皆在坐。又有汪子渊者，嘉兴人，在盛杏孙侍郎处掌译外国语，余始与晤谈。

〔二月〕一日，晴。晡，诣彦复，话别。薄晚，入城。夜，笃甫招饮一品香。将于明日北行，衣物行具皆入船，夜分往视之。

〔三月〕十六日，雨。彦复于元旦试笔，拟一请太后归政书。余入都旬日，闻其书始邮寄政务处，无人敢为代奏，而彦复揭诸新闻纸。此等举动，余视为人生莫大之耻，盖东南名士之陋习也，而彦复犹甘蹈之，自鸣得意，故前日贻书责之。

〔九月〕六日，晚，入城，知叔雅来访，留简云：因母病即夜乘舟南返，舟明日解缆，不审能一见否？余急出城访其踪迹，至雅叙园遇之，在坐皆熟人，有穰卿、彦复、子言、小徐等，因坐而畅谈。

〔九月〕十日，晡，与邻居游园，遇虬斋、彦复。夜，宴诸友于翠霞阁，履平来自姑苏。

〔十月〕十七日，晡，复出城。雨。往视彦复，见无数人皆短衣西制，闻每礼拜日相集体操。此辈人皆聪慧才敏士也，皆慕为欧美新世界之人，爱自由，又爱特立，皆实不外名利二字。自由，利也；独立，名也。以我辈观之，诚可哂矣。虽然，使彼等不此之爱，更爱何物？不此之慕，更慕何事？人苟无所爱慕，不几成槁木死灰耶！我辈所以能不爱慕之者，以别有所爱慕，过此万万也，安得以此责彼哉？吾但见其可怜而已。

〔十月〕二十三日，风止。晡，访草斋、信侪、彦复。晚，与彦复及祁子敏偕诣双请馆，即归家祭●

丙午（光绪三十二年　公元一九〇六年）

〔正月〕二十二日，阴雪。与稼霖衣冠乘马车，谒袁项城，未见。因顺道拜陈云甫，即归。饭后，访荔轩，不遇。诣彦复。彦公以电话局差，旅居津城内龙亭西，虽月获银饼二百枚，犹道贫状。家新蓄一姬，通历史，工诗词，风雅卓荦，而困于病。彦复以故郁郁不自得。时叔雅亦来津，相遇于彦复家。今与二君略谈，俄去。

〔正月〕二十七日，晴。是日，作日记，为吴彦复书六言联，即余所集句：席松叶，枕白石；垂长衣，谈清言。

〔三月〕五日，晚，归作覆彦复书，又作日记。

〔十一月〕二十九日，晴。黎明，登汽车，赴津。……俄又访彦复，遇菊生，又晤彦东。观彦复姬人刻图记，一姬悬腕书隶，风雅绝世。

〔十二月〕十七日，晴。薄午，访叔雅谈。余初疑叔雅返粤，前在津晤彦复，始知犹在都也。

丁未（光绪三十三年　公元一九〇七年）

〔五月〕二日，阴。晡，叔耘来，将归京，来与慕兄一揖而别。俄张伯讷、瑞玉如亦至，谈良久去。余因访彦复，又半载不相见，谈久之，为其书扇，并自书所著之诗视之。彦复有古钱癖，搜求甚夥，往往典衣购置之，乐是不倦也。时在津地，为项城所困，金尽袭敝，穷无所告，神志消苶。晚，随余至祠中，待慕兄归，小谈，留晚食。夜，与余同出观剧，散归时已夜深。

〔五月〕十一日，晴。晡，归。浴身。得诗一首，赠彦复姬人彭嫣。盖彭嫣与吴瘿相识风尘中，遂以终身许焉。其人能诗，工篆刻，善书，风雅绝世，彦公亦引为佳友，征文及诗，遍海内名士。余亦赋五律一首赠焉，录如下：知已千秋感，无端遇此人。红颜非薄命，明月岂前身。饘粥朝犹给，文章君不贫。陶公遗业在，相送五湖滨。是晚，阴云四合，微闻雷声。

〔七月〕十四日，晡，访彦复。有云姝者，海上旧相识，五六年不见，适来自都，不期而遇。三人纵谈。彦复又述其姬人彭嫣事甚详。

〔七月〕十五日，晨，急归长发栈，欲附早车还京，不果。……俄有报称，宝易隆餐楼折柬相邀。

余意必彦复，赴焉，果遇彦、云二人。又有魏铁山者，名槭，亦知名士也。因共喧宴，良久始散。

〔十一月〕二十八日，晴。是日，阳历元旦，即一千九百零八年之首一日也。……禺中，访益斋，闻彦复有子之丧。

钏影楼回忆录 节录

包天笑

住在我们后面的一家，便是吴彦复先生。他是一位公子，又是诗人，号北山，又号君遂，他的身世，记述者很多，无容细述，他是一位礼贤好客的人，那时章太炎先生就住在他的家里，这是我第一次见到太炎。……

吴彦复带了他的那位姨太太，唤做彭嫣的，还有两位女公子，住在这里，但是他家里的宾客很多，有时开出饭来，便坐满了一桌。这时从日本回国的，从欧美回国的，从北京下来的，从内地出来的，都齐集在上海，都要来拜访吴彦复，章太炎。常到他家里的有沈翔云、马君武、林万里（即后来的林白水）、章行严，都是一般有志青年。行严这时年少翩翩，不过二十岁刚出头的人吧，他常到吴彦复家里去，与太炎先生讨论学术。因为他与太炎同姓，人家有疑为他们兄弟行的，其实太炎是浙江人，行严是湖南人，可谓同姓不宗。后来行严也编过一部黄帝魂，充满种族思想，那时候的种族革命思想，实已深中于人心。

行严也常到金粟斋来，金粟斋的后门，正对着吴复彦的前门，两家宾客，川流不息，因此便显出更热闹了。我们有时吃了夜饭，也便到吴彦复家里去玩，常见他们那里高朋满座，议论风生，彦复先生对人和蔼，每喜奖借后进。他曾经送我一部北山诗集，其时我的迦因小传正再版，也送了他一册，他还做了诗呢，起初我不知道，后来读梁任公的饮冰室诗话，却载有一则，今录如下：

十年不见吴君遂，一昨书丛狼籍中，忽一刺飞来，相见之欢可知也。相将小饮，席间出示近稿十数纸，顾靳不我畀，惟以别纸题迦因传一首见遗，录此以记因果。诗云：『万书堆里重重老，悔向人来说古今。薄酒最宜残烛下，暮云应作九洲阴。旁行幸有娄迦笔，发喜难窥大梵心。会得言情头已白，鬑鬑相见久沉吟。』迦因传者，某君所译泰西说部，文学与茶花女相埒者也。

任公说这话，那是过宠了，我们何能与畏庐先生的茶花女相埒呢？不过彦复何以对此而发牢骚，有人说：那个时候，彦复的如夫人彭嫣，正是下堂求去，他不免借他人的酒杯，浇自己的块垒，而任公也知之，所以「因果」者，乃以掩扬出之耳。

有一天，我从金粟斋出门，看见章行严携着吴彦复的两位女公子，到薛锦琴的家里去。我问他何事？他说：「奉复彦先生命，拜薛锦琴为师，薛锦琴是固中西文并茂也」。彦复的两位女公子，长名吴弱男，次名吴亚男，那时两女姐妹，年不过十一二，我们在复彦家里时，常见他们憨跳狂跃，不想后来弱男女士，便做了章行严夫人。因为大家都出国留学了，想是在国外缔结这姻缘吧。及至又二十多年后，我在北京的东站，乘京沪路车回上海，又遇了章夫人，那时行严在沪大病，恰巧邵飘萍来车站送我，邻室的章夫人，还托邵君打电报到上海去呢。

艺林散叶 节录

郑逸梅

九七七　吴彦复藏张廉卿书札，装成数册，甚精，盖皆廉卿致彦复父武壮者。

一九二三　吴彦复有北山楼集，首为其照像，西装戴博士方冠，颇英俊。

一八六七　吴彦复以田黄、田白、鸡血石称雄于时。

二八三三　吴彦复有鸡血昌化石十二方，绝精致，请吴昌硕刊之。既而以贫乏质于龚心铭处，计三百金。数年后，向龚赎还，龚以逾期却之，彦复大不怿。杨士骧慨然以千金代为解纷，彦复深为感德。厥后，石归张季直父子。

三六八〇陈鹤柴从吴保初学诗称弟子，而鹤柴年长于保初。

张謇传记 节录

刘厚生

第二章　少壮时时代的张謇

吴长庆原是书生，文学颇有根柢，他与发审局委员孙云锦是世交，往来颇密。他在云锦处，见到张謇的文字，又因云锦之介绍，与謇相识，见其文字优长，遂延入幕府，时在光绪二年丙子（一八七六），张謇年甫二十四岁。长庆虽是实缺总兵，但并不到任。他率领庆军十二营，驻扎浦口。张謇入幕府后，得参预军事机密，军中重要函牍，皆归张謇办理。筑茅屋三楹，为謇读书治事之所，并命其次子吴保初，从謇受业，宾主相得。

于右任先生年谱 节录

刘延涛

〔一九〇四年〕

吴彦复与丁叔雅、陈三立、谭嗣同，是当时有名的四公子。他有一篇震惊一时请太后归政的奏摺。他很穷，但袁世凯给他送钱，他不要。章太炎先生入狱后，书籍都寄存在他家里。先生自言，到上海后，「两目皆黑」，苦无去处，所以常到他家里聊天，并借机会多看一些陕西看不到的书籍。

补遗

奉赠先祖墓志及神道碑诗帖遗集作小诗一章聊以代柬

邻翁道起围城日，剑影刀光血战回。从先祖起义兵，尚存二三父老。许远忠魂犹有恨，臧洪素志亦堪哀。大府拥兵不进，庐江失守后，贼遂长驱东下。城亡之日，从死者五百余人。生前十上诸侯策，死去一空天下才。李铁眉督学时，读先祖试卷，叹曰：天下才也。欲作二碑书逸事，荒祠鸟迹满莓台。

枢廷飞到紫泥封，追认东征第一功。倭人起衅，和议[illegible]，[illegible]言官追论先公旧勋能宣威怀德、消大患于无形之语。御制碑文，极一时宠赉。今岁史馆有搜访遗逸之命。未抟黄龙悲武穆，左文襄以岳王比先君。初平玄菟失终童。凯归日，有东防十策。韩王台畔沙沉戟，江浦韩信台为先君演武之所。范相祠前柳漾风。嘉兴专祠与范蠡为邻。欲读遗文问青史，不逢欧老恨南宫。来书索先公遗集，且有不能一面为恨之语。

诗人猛士老江湘，意气如云鬓似霜。（望）名满中朝归俊及，老辈如陈虎臣、方存之、吴质甫、张莲青、薛慰农皆与先君同游于曾公之门。诗传异域重□杨。随先君东渡者，有季直、曼君、彦升、丘履平。诗名大振于辽东者，履平、曼君为最肄业惜阴者。一时俊杰，半出于武壮之门。古有外籍来请四杰遗集之事，今之数子，实能继之。收来渤海珠千斛，拔尽昆山璧万双。先公门生故吏，任封圻、作监司、为将帅、入词林者数十人，以文章气节名者，然多为时相所抑，惜哉。同学少年今有几，鳌头张绪到明光。季直大魁天下。

郢市荆门（楚尾吴头）望远情，无边秋色到山城。乌龙潭畔花千树，醉庐傍此。黄鹤楼头（中）笛几声。委吏何妨作中隐，吉州司户官虽小，曾□诗人杜审言，为公咏之。予以任子袭职，十年浪走，伏处里闾，养母读书，亦自乐也。友人促驾者接踵而至，兄其谓我何。任官岂必是逃名。劝君莫听浔阳曲，一夜樽前旅鬓生。吾兄记否前数年在绿杨阴里，红板桥头，帽影鞭丝，画楼歌舫，酣漓兴致，近复何处也。

〔按〕右诗四首，据吴保初后裔吴业新提供之手迹影印件辑补。

飞头獠

孰使汝头行万里，快哉天授乃有此。人生觅食仅在口，躯壳胡为累奔走。恨不借与樊制军，梦中先轸归其元。吁嗟此獠难扑杀，绝脰断头安足吓。

鍊刀

金精淬鍊秋霜白，珠鞘韬光尚濡血。生儿以命托佩刀，祝他年能死国。相看重拭鹏鹈膏，斩蛟殪虎同吹毛。持之所向无坚垒，笑煞于思捲命逃。

印娘

日南野女颜色好，飞云采药岩谷老。双成飞琼信有之，跨鹤骖鸾堪绝倒。印爨且喜日随身，误呼文手鲁夫人。不取黄金悬肘后，教伊负腹笑将军。

赠彭嫣

绝世聪明绝世痴，个中风味有谁知？悲来涕泣狂来笑，不独男儿天下奇。
落魄江湖不计年，谁期今日遇彭嫣。此生漫说无知己，红粉多情亦可怜。

寄王威子

蕉萃忧伤自不支，江鱼何处寄相思？只应今夜钟山雪，寒彻重衾君得知。

偶书

朝饮木兰露，夕餐秋菊英。秋菊王悄悄，木兰彭香云。

〔按〕以上七首诗，均据袁祖光绿天香雪簃诗话辑补。

《安徽古籍叢書萃編》書目

定本莊子故
康輶紀行　東槎紀略
北山樓集
疑庵詩
方望溪遺集
識小録　寸陰叢録
東萊詩詞集
明太祖集
王侍郎奏議
朱楓林集
敬孚類稿
施愚山集（全四册）
吴敬梓吴烺詩文合集
張孝祥詞箋校
竇山公家議校注
翠微南征録北征録合集
阮大鋮戲曲四種
老子注三種
杜詩説
朱書集
論語解注合編
郭祥正集
皖人詩話八種
績學堂詩文鈔
唐詩評三種（上下）
鈍齋詩選
老子注譯
莊子詮詁
説文假借義證（全五册）
劉銘傳文集
包世臣全集（全三册）
田間易學
莊屈合詁
田間詩集
田間文集
古事比（上下）
安徽出土金文訂補

道聽途説
蘭茗館外史
青泥蓮花記
秋崖詩詞校注
舌華録
明語林
夜雨秋燈録（上下）
包拯集校注
毛詩後箋（上中下）
壹齋集（上下）
孟子講義
楊仁山全集
不得已（附二種）
歙事閒譚（上下）
惜抱軒詩集訓纂
張孝祥詩文集
吴汝綸全集（全六册）
青溪集
藏山閣集

田間詩學（上下）
俞正燮全集（全三册）
皖人戲曲選刊　鄭之珍卷
詠懷堂詩集
所知録
文選箋證（上下）
七頌堂集
程瑶田全集（全四册）